Dietrichs Bibliothek

für die reifere Jugend und deren Freunde.

König Ludwig und sein Schützling

Erzählung von Hedwig Brand.

Erinnerungsblätter zur 25 jährigen Wiederkehr
des Todestages König Ludwigs II. von Bayern.

Mit einem **Buntdruckbild** und drei **Textbildern.**

15. Band.

Dresden.

Druck und Verlag von Rich. Herm. Dietrich.

Hedwig Brand Courths-Mahler

König Ludwig und sein Schützling

Transkription und Nachwort
von Luc-Henri ROGER

© 2021 Luc-Henri Roger (Transkription und Nachwort)
Transkription der Originalausgabe des Romans von Hedwig
Brand (alias Courths-Mahler) *König Ludwig und sein Schütz-
ling,* Dresden, Dietrich-Verlag, 1911.
Illustrationen und Motive aus der Originalausgabe.
Herstellung und Verlag: BoD – Books on Demand, Nor-
derstedt, Deutschland.
ISBN 9783753464282

Dieses Buch wurde von Luc-Henri Roger aus dem Original transkribiert, das 1911 in gotischer Schrift vom Dietrich-Verlag in Dresden veröffentlicht wurde.

Danksagung

Ich danke Marco Pohle für seine kompetente Hilfe beim Layout und den fotografischen Reproduktionen dieses Buches sowie für sein sorgfältiges, geduldiges und aufmerksames Korrekturlesen. Dieses Buch ist auch die Frucht seiner freundlichen Anwesenheit und seiner ständigen Ermutigung.

Mein herzlicher Dank geht auch an Dr. Claudia Sußmann für das genaue Korrekturlesen des Nachworts.

Vorwort des Herausgebers 1911

Das Buch *König Ludwig und sein Schützling* von Hedwig Brand (ein Pseudonym für Hedwig Courths-Mahler) wurde 1911 parallel als Buch (Dietrich-Verlag in Dresden) und als Feuilleton in der Zeitschrift *Freya, Illustrierte Zeitschrift für das deutsche Bürgerhaus*, publiziert. Der Herausgeber präsentierte die neue Publikation in *Freya* kurz vor der Veröffentlichung:

Ein neues Buch über König Ludwig II.

25 Jahre sind verflossen, seit König Ludwig II. von Bayern am Pfingstsonntag, den 13.Juni 1886, in den Fluten des Starnberger Sees, im Alter von 41 Jahren, einen frühen Tod fand.

Aber dieser nach menschlichem Maß lange Zeitraum hat nicht vermocht, die Erinnerung an diesen Fürsten in dem Gedächtnis seiner Bayern und des ganzen deutschen Volkes auszulöschen!

Die Liebe und Verehrung für Ihn ist eher noch gewachsen, denn was er für die Pflege und das Fortschreiten der gesamten Gebiete der Kunst getan hat, wirkt heute noch nach; ja es ist heute erst zur richtigen Entfaltung gelangt.

Ludwig gab der Bildhauer- und Baukunst, der Malerei, der Musik und dem künstlerischen Gesang mächtige Anregung und Unterstützung; er erhob München zu einer Kunststadt ersten Ranges, wodurch der bayerischen Residenz auch große materielle Gewinne zustoßen.

Was will es dagegen sagen, dass Ludwig II. in seiner Kunst- und Prachtliebe, hauptsächlich aber durch seine Schloss Bauten, etwas zu weit ging?

War es nötig, den schon schwer kranken König dadurch noch mehr zu verbittern und aufzuregen, dass die damaligen Minister es ablehnten (1885/86), den bayrischen Landtag um Deckung der aufgelaufenen Schulden von 18 Millionen Mark anzugehen?

Es ist schwer, diese Frage ohne nähere Kenntnis der Verhältnisse zu entscheiden; soviel aber ist sicher, dass uns heute eine solche Summe in Anbetracht der ganzen Verhältnisse nicht allzu hoch vorkommt und dass man geneigt ist, anzunehmen, der damalige Landtag — also die Vertretung des seinen König über alles verehrenden Volkes — würde für diese Summe gewiss aufgekommen sein, wenn ein diesbezüglicher Antrag gestellt worden wäre.

Heute wissen wir, dass diese königlichen Schulden dem Lande hundertfältige Zinsen getragen haben durch Hebung der Kunst und durch den ungeheuren Fremdenstrom, den die Königschlösser nach Bayern locken.

Alles dies ist dem bayrischen und dem deutschen Volke freilich erst nach Ludwigs Tod augenscheinlich geworden. Was aber schon zu Lebzeiten richtig erkannt und gewürdigt wurde, ist das unbestrittene Verdienst um die deutsche musikalische und dramatische Kunst, das sich Ludwig II. dadurch erwarb, dass er den vielgeschmähten, nicht erkannten und in den dürftigsten Verhältnissen im Ausland lebenden größten deutschen

Tondichter Richard Wagner unterstützte und in seine Nähe zog.

Hätte Ludwig II. sonst nichts getan für Kunst und Wissenschaft, als dass für das Genie Richard Wagners die Bahn freilegte, es hätte genügt, ihn dem deutschen Volke unvergessen zu machen.

Aus Anlass der 25jährigen Wiederkehr des Todestags Ludwigs II. ist im unseren Freya-Verlag ein Buch erschienen, welches den Titel führt:

König Ludwig und sein Schützling
Erzählung von Hedwig Brand
Das Buch enthält 228 Seiten Text, ein Buntdruck- und drei Schwarzdruckbilder.
Preis broschiert 1 Mark. In Leinen geb. 1 M. 50 Pf.

Es ist eine schöne und sinnige Huldigung des verewigten Königs; dessen Andenken noch heute die Herzen des deutschen Volkes bewegt, welche in dieser ideal-schönen Erzählung zum Ausdruck kommt. Es ist eine Erzählung, welche alle Verehrer dieses Fürsten — ob jung, ob alt — mit hoher Befriedigung lesen werden.

Zu beziehen ist dieses Buch durch alle Buchhandlungen, sowie die Boten unseres Blattes. Auch direkt vom Verlag: Rich. Herm. Dietrich in Dresden franko gegen Einsendung von 1 M., beziehentlich 1 M. 50 Pf. in Briefmarken.

1. Kapitel

Ein einsamer König

König Ludwig II. von Bayern hatte seine Verlobung mit der Herzogin Sophie Charlotte, seiner Kusine, wieder gelöst.

So schnell und unerwartet diese Verlobung geschlossen worden war, so unerwartet wurde sie, wenige Tage vor der bereits vorbereiteten Hochzeit, gelöst.

Warum der König diesen Schritt tat, wurde niemals ganz aufgeklärt. Jedenfalls hatte er sich über etwas sehr gekränkt und verletzt gefühlt.

Man sagte, er habe Charaktereigenschaften an seiner Braut entdeckt, die es ihm unmöglich machten, sie zu heiraten. Und so trennte er sich von ihr. Diese trübe Erfahrung hatte seinen ohnehin schon sehr ernsten und schwermütigen Charakter noch mehr verdüstert.

Kurz vorher hatte er sich auch von seinem über alles geliebten und verehrten Freund, Richard Wagner, dessen begeisterter Förderer er war, trennen müssen.

Wagners zahlreiche Feinde und Neider hatten intrigiert und ihn aus der Nähe des Königs gedrängt, weil sie ihm die Liebe des Königs missgönnten.

Nun fühlte sich der junge König doppelt vereinsamt und unglücklich und zog sich voll Schwermut, so oft es die Staatsgeschäfte zuließen, in die Einsamkeit der Berge zurück.

Aber auf keinem seiner Schlösser fand er lange Ruhe. Er zog von einem zum anderen, nur von wenigen erprobten Dienern umgeben, immer allein mit sich und der herrlichen Natur, die einzig einen erhebenden und befreienden Einfluss aus ihn auszuüben vermochte.

Trotzdem sich König Ludwig II. von seinem Volke geliebt und vergöttert wusste, befiel ihn eine große Menschenscheu. Nur wenn er es gar nicht umgehen konnte, begab er sich auf kurze Zeit nach München zurück, um seine Regierungsgeschäfte zu erledigen und seinen Repräsentationspflichten zu genügen.

Soviel es anging, ließ er seine Minister auf seine Schlösser kommen und sich dort von ihnen Vorträge halten. Dort mussten sie auch seine Befehle und Anordnungen entgegennehmen.

Das Bayernvolk trauerte um die Weltflucht seines jungen Königs. Denn nie ist ein Fürst so schrankenlos geliebt und verehrt worden wie er. Seine Schönheit war berühmt wie sein hoher Geist und seine edlen Charaktereigenschaften.

Am liebsten verkehrte der König nur noch mit der schlichten Landbevölkerung. Die Söhne seiner Berge in ihrer treuherzigen, biederen Natürlichkeit, die ihm so ganz ohne Falsch und Heuchelei erschienen, dünkten ihm eine wertvollere Gesellschaft als seine Hofleute, von deren Unaufrichtigkeit er sich leider sehr oft hatte überzeugen müssen.

Ludwig II. war sehr jung zur Regierung gekommen.

Er war am 25. August 1845 geboren und am 10. März 1864 starb sein Vater, König Maximilian von Bayern.

König Ludwig war also erst neunzehn Jahre alt, als er den Thron bestieg.

Mit seinem Bruder, dem Prinzen Otto zusammen, war er sehr schlicht und einfach erzogen worden. Sein Vater hielt streng darauf, dass seine beiden Söhne bescheiden und im strengsten Gehorsam aufwuchsen.

So zum Beispiel bekam der König Ludwig als Kind selten einmal eine Näscherei, und es wird erzählt, dass sein Kindermädchen Liese, die ihn sehr liebte, heimlich von ihrem Gelde für ihn Zuckerstangerln kaufte. Es erschien ihr grausam, einem Kronprinzen zu verweigern, was jedes Arbeiterkind genießen durfte.

Der Kronprinz Ludwig und sein Bruder Otto waren immer sehr knapp bei Kasse.

Eines Tages las nun Prinz Otto in einer Zeitung, dass ein Zahnarzt für guterhaltene Zähne Geld zahlte. Sofort lief er zu diesem Zahnarzt und bot ihm seine eigenen Zähne zum Kauf an, um sich Taschengeld zu schaffen. Er wollte sie sich einfach ausziehen lassen.

Natürlich ging der Zahnarzt nicht darauf ein, sondern schickte den Prinzen lachend nach Hause.

Seht betrübt, dass nichts aus diesem verlockenden Geschäft geworden war, entfernte sich Prinz Otto.

Das kam der Königin, seiner Mutter, zu Ohren. Und sie dachte darüber nach, wie sie ihren Gemahl bestimmen konnte, das Taschengeld ihrer Söhne zu erhöhen.

Die beiden Prinzen bekamen jede Woche nur dreißig Kreuzer, ungefähr neunzig Pfennige nach unserem Gelde. Das war gewiss sehr wenig für königliche Prinzen.

Der König ging aber nicht davon ab, und erst an seinem achtzehnten Geburtstag erhielt Kronprinz Ludwig eine Börse, in der sich von jedem Geldstück, das in Bayernlande gültig war, ein Stück befand, vom Goldstück bis zum Kupferpfennig.

Da dünkte sich der Kronprinz reich wie ein Krösus und dachte:

„Was fange ich nun mit dem vielen, vielen Gelde an?"

Edel und gut, wie er war, wollte er nun zuerst einem anderen Menschen damit Freude machen. Und da ihm von allen Menschen seine Mutter am liebsten war, überlegte er sich, wie er ihr mit Hilfe seines Reichtums einen Wunsch erfüllen konnte.

Die Königin hatte nun kurz zuvor von einem Medaillon erzählt, das sie bei einem Juwelier gesehen und das ihr so gut gefallen habe. Sie wünschte es zu besitzen.

Daran dachte Kronprinz Ludwig nun, und eilends begab er sich zu dem Juwelier und verlangte das bezeichnete Medaillon zu kaufen, um es der geliebten Mutter zu schenken.

Der Juwelier brachte es herbei, und ohne nach dem Preis zu fragen, reichte der Kronprinz seine neue, gefüllte Börse hin und sagte, der Juwelier möge sich so viel Geld herausnehmen, als das Medaillon kostete.

Da stellte sich aber heraus, dass der Schatz des Kronprinzen, den er für unermesslich hielt, bei weitem nicht ausreichte für diesen Kauf.

Darüber war er sehr betrübt und erstaunt.

Und ein einziges Jahr später war dieser einfache und in Geldsachen so unerfahrene junge Kronprinz bereits König von Bayern, besaß viele Schlösser und Burgen mit herrlichen Schätzen und konnte frei über Millionen verfügen.

Im Jahre 1867 verlobte sich Ludwig II. mit der Herzogin Sophie Charlotte.

Diese Verlobung löste er aber, wie wir im Anfang dieser Erzählung bereits bemerkten, vor der Hochzeit wieder auf. Und seit dieser Zeit lag auf seinen schönen, stolzen Zügen der Ausdruck einer hoffnungslosen Melancholie.

Es war im Sommer 1868.

König Ludwig wohnte gerade auf seinem Schloss Hohenschwangau und trug sich bereits mit der Absicht, in der nächsten Nähe desselben das Schloss Neuschwanstein zu bauen, zu dem auch wirklich schon 1869 der Grundstein gelegt wurde.

Im Geiste sah der König dies Schloss schon fertig vor sich. Wie eine Märchenburg sollte es sich auf schroffen Felsen erheben.

Den zur Pöllatschlucht jäh abstürzenden Felsrücken des Berzenkopfes hatte er sich als Bauplatz erwählt.

Und so, wie es der König sich erdacht und ersonnen hatte, so erstand später auch wirklich das herrliche Schloss mit seinen prächtigen Sälen, in denen wundervolle Wandgemälde, Szenen aus allerlei Sagen und Wagner-Opern darstellend, angebracht wurden.

An einem wundervollen Spätnachmittag durchstreifte der König, wie es ihm zur lieb gewordenen Gewohnheit geworden war, ganz allein Berg, Wald und Feld.

Er umkreiste den Felsen, auf dem sich Neuschwanstein erheben sollte, und freute sich an der herrlichen Natur. Das würde eine wunderwolle Szenerie für sein neues Schloss abgeben.

In Gedanken schon an diesem neuen Schloss bauend, achtete er nicht des Weges und ging immer tiefer in den Wald hinein.

Feierliche Stille herrschte ringsum. Nur die Vögel sangen emsig Ihre Lieder, als wollten Sie den sinnenden König auf sich aufmerksam machen.

Aber das gelang ihnen nicht. Wohl klangen die zarten Töne an sein Ohr, aber sie kamen ihm nicht zum Bewusstsein.

Endlich schreckte Ludwig aber doch aus seinen Gedanken auf.

Schon begann die Sonne hinter den Bergen zu versinken. Nun erst wurde der König gewahr, dass er sich verirrt hatte und nicht mehr wusste, wo er sich befand. Da ihn dichter Wald umfing, konnte er sich auch nirgends durch einen Anblick orientieren.

Unschlüssig blickte er sich rum und ging dann aufs Geratewohl weiter, hoffend, dass er auf den rechten Weg zurückkäme oder jemandem begegnete, der ihm Auskunft geben konnte.

Nach einer Weile sah er dann auch erfreut ein kleines, schlichtes Häuschen mit grünen Fensterläden und sauber blitzenden Fensterscheiben vor sich liegen. An dem Hirschkopf über der Tür erkannte er, dass es ein Forsthaus war.

Da war der König sehr froh, denn er war nicht nur sehr müde, sondern auch hungrig und durstig geworden.

Als er sich nun zwischen den Bäumen dem Häuschen näherte, bemerkte er zwei Kinder, die vor dem Haus auf einer Bank saßen. Es waren ein Mädchen von ungefähr acht und ein Knabe von zehn Jahren.

Die beiden Kinder plauderten gar lustig und lebhaft miteinander, und das kleine Mädchen schlenkerte, wie zu Begleitung Ihre Worte, mit den sonnengebräunte, nackten Füssen hin und her.

Vor den Kindern stand ein schlichter, grüngestrichener Holztisch mit einer sauberen bunten Leinendecke belegt.

An den kleinen Fenstern hingen schneeweise Gardinen, und auf allen Fenstersimsen blühten Blumen in duftiger Fülle.

Stehen bleibend, ließ der König das freundliche Bild auf sich einwirken. Wie einladend sah das alles aus, wie gastlich und Ruhe verheißend. Und er war so müde und sehnte sich nach Ruhe.

Lächelnd blieb er, von Bäumen und Sträuchern verdeckt, an einem Baum gelehnt stehen und beobachtete die Kinder noch ein Weilchen, wohl wissend, dass sie ihr fröhliches Plaudern einstellten, wenn er zu ihnen trat.

Das kleine Mädchen schien sehr lebhaft und impulsiv zu sein. Das rote Röckchen tanzte gar luftig über den braunen Beinchen auf und ab. Aus dem schwarzen Samtmiederchen kam ein blütenweißes Hemdchen zum Vorschein und bedeckte die Schultern und die Arme bis zum Ellbogen.

Die goldbraunen Zöpfe waren ganz fest geflochten und nach Defregger Art um das seine Köpfchen gelegt. Trotzdem stahlen sich überall lose Löckchen heraus und umgaben den Kopf wie ein Heiligenschein.

Burgerl wurde sie von dem Knaben genannt. Das war die landläufige Abkürzung von Walpurga.

Burgerl war ein hübsches, frisches Mädchen, mit lachenden, blanken Blauaugen und weißen, festen Zähnchen. Ihr rosiges Mündchen ging lebhaft wie ein Mühlrad.

Der Knabe schien bedächtiger zu sein. Die Hände in den Taschen seiner kurzen Lederhose vergraben, saß er schon ganz so fest und behäbig zurückgelehnt und schaute Burgerl von der Seite an.

Der kleine Mann hieß Sepperl, eine Abkürzung von Joseph. Er schien ein echter Sohn seiner Heimat zu sein, schlicht, treuherzig, ein wenig bequem und bedachtsam in der Ruhe, aber rasch, ungebärdig und derb zufassend, wenn er erregt war.

Burgerl und Sepperl erzählten sich gerade vom König und seinen Schlössern. Da lauschte der König belustigt, was die Kinder über ihn zutage förderten.

Was Burgerl sprach, klang alles wie aus einem Märchen, überschwänglich und fantastisch. Aber aus ihren Reden erfuhr der König, dass er in diesem Häuschen, das Burgerls Eltern bewohnten, sehr geliebt und verehrt wurde.

Er vernahm auch aus diesem Gespräch, dass Sepperl ein Vetter von Burgerl war und im Haus von Burgerls Eltern lebte.

Sepperls Vater war Kutscher in königlichen Diensten und hatte seine Frau durch den Tod verloren. Deshalb hatte er seinen Sohn in das Haus seiner Schwester gebracht, die mit dem Förster Malwinger verheiratet war, damit er nicht ohne mütterliche Fürsorge aufwuchs.

Und nun war Sepperl anscheinend schon seit längerer Zeit im Forsthaus heimisch geworden und wuchs mit Burgerl und deren vierjährigem Schwesterchen Antonie, genannt Tonerl, auf.

Sepperl hatte seinen Vater schon oft im Schloss Hohenschwangau besucht und wusste nun alles viel besser als Burgerl, die noch nie in einem Schloss gewesen war. Der Sepperl war freilich auch nur bis in die Kutscherwohnung gekommen, aber die gehörte doch immerhin zum Schloss.

Wenn sich Burgerl zu sehr in fantastische Betrachtungen verlor, warf Sepperl eine kurze, trockene Bemerkung dazwischen. Dabei kaute er auf einem Stück Holz herum, wie auf einer Pfeife, tat auch als stieße er ab und zu gravitätisch den Rauch von sich, und bildete sich nach Kinderart ein, wirklich zu rauchen.

Der putzige Wicht kam sich vor wie ein Mann und machte ein gar bedächtiges und wichtiges Gesicht.

Burgerl behauptete eben unter anderem, der König trage immer eine goldene, mit Edelsteinen besetzte Krone auf dem Haupt und einen herrlichen pelzverbrämten Purpurmantel um die Schultern, der in einer langen, schweren Schleppe hinter ihm her schleife. Auf der Straße müsse er daher immer in einer goldenen Kutsche fahren, oder es müssten überall, wo er schreiten wollte, rote Teppiche ausgelegt werden.

Sepperl lachte sie aus und sagte, belehrend, das sei nicht wahr. Der König trage Kleider wie andere feine Stadtherren auch.

Da erboste sich die temperamentvolle Burgerl sehr.

„Ach, du dummer Bub, willst dich 'leicht gar aufspielen mit deiner G'scheitheit, hm? Hast gar den König schon g'sehen, dass du gar so g'scheit daherredest?" rief sie ärgerlich.

Sepperl rauchte heftig ein paar Züge aus seiner vermeintlichen Pfeife und sagte dann bedächtig:

„Na-a-a, g'sehen hab' ich den König no net. Aber weißt, Burgerl, mei' Vaterl, der hat's mir erzählt, und der kann doch den König alle Tag' Anschauen, so viel er mag!"

Burgerl stutzte einen Augenblick. Aber dann machte sie eine abwehrende Bewegung.

„Du, dein Vaterl hat dir was vorg'macht. Spasetellerln hat er g'trieben mit dir, da kannst dich drauf verlassen. I weiß das besser, verstehst? Schau nur hinein in unser Wohnstüberl, da kannst ihn an der Wand hängen sehen, unseren lieben, guten, schönen Herr König. Weißt, das Bild hat der Vater dem Mutterl mit 'bracht aus München, wie er dermalen dort g'wesen is. Ah, und wie schaut da der Herr König herrlich aus! Die Augen tun dir übergehen, schon wenn du das Bild anschaust!"

Sepperl stutzte nun doch.

„Hm? Ja – dös Bild – dös hab' i mir auch schon oft ang'schaut. Freili, dös is schön. Aber weißt, eine Krone hat er da auch net auf, du dumme Burgerl. Nur den Mantel, freili, den hat er um, dös is schon wahr!"

Burgerl tippte mit einer nicht mitzuverstehenden Gebärde auf die Stirn.

„Je, bist du g'scheit, Sepperl? sagte sie, erregt mit den Beinchen baumelnd. „Schau das Bild nur genau an! Die Krone liegt doch auf dem Tisch. Grad' hat er sie a bisserl abg'legt, weil's ihm halt die Stirn druckt hat und weil er doch z'Haus in seinem Stüberl is. Du legst doch dei' Mützen auch ab, wenn du ins Stüberl trittst. Oder 'leicht net?"

Sepperl paffte eingebildete Rauchwolken.

„Hm, dös schon, no ja! gab er endlich zu. Aber i glaub's doch net, dass er so wie auf dem Bild herumspazieren tut, der Herr König. I werd mei' Vaterl schon fragen, wenn i ihn wieder mal b'suchen darf im Schloss. Du, weißt was, da kannst eh gleich mitkommen!" schloss er seine Rede großmütig.

Burgerl klatschte in die Hände und das rote Röckchen wirbelte mit den Braunen Beinchen in der Luft herum.

„Hergottel! Du mein! Ja, freili geh' i mit, wenn es mein liebes Mutterl erlauben tut, freili. Weißt, von weitem, da hab' i das Schloss schon oft ang'schaut. Wenn i im Wald Beeren g'sucht hab', oder Reisig, da bin i immer soweit g'laufen, dass i das Schloss hab' liegen sehen. Hm! Gar viel stolz und herrlich is dös anzuschauen!"

Sepperl nickte stolz, als ob das Schloss ihm gehöre.

„No, und wenn du erst eini kommst, in das Schloss, da wirst du schaun, Burgerl — ja-a-a ich hab' dermalen einischauen dürfen a wengerl, in die große Halle. Uijegerl, blind kannst werden auf der Stell', so eine Pracht, rein zum närrisch werden!"

Burgerl zappelte mit allen Gliedern vor Erregung und stieß atemlos hervor:

„No — alsdann — alsdann musst halt doch einsehen, dass der Herr König in einem so nobligen Schloss auch ein Prachtg'wanderl trägt. Sonst passt er doch nimmer da hinein. O Herrgottel, mein liebes Herrgottel, ich hab' einen Wunsch, gar einen großen, großen Wunsch. Gleich mei Sonntagsröckel geb i dafür hin und mei neues Mieder mit dem blanken G'schnür, wenn mir der Wunsch in Erfüllung ging!"

Sepperl machte große Augen. Er wusste, wie viel Burgerl auf ihren Sonntagsputz hielt. Neugierig fragte er:

„No, was möcht' denn dös nachher sein?"

Burgerl drückte die Hände ans Herz und sagte erregt:

„Unsern lieben König möcht' i mal anschaun, halt nur ein Minuterl lang, nur ein einziges Mal!"

Sepperl zog an seiner Holzpfeife. Dann erwiderte er:

„No, 'leicht verlaubt dir mei' Vaterl, dass du ihn dir anschaust, wenn wir ihn besuchen im Schloss!"

Burgerl starrte ihn ungläubig an und sagte zweifelnd:

„Dei Vaterl? Hat denn der dabei was zu verlauben, hm?"

„Du bist gut, Burgerl! sagte er mitleidig, spöttisch. Wo mein Vaterl den Herrn König alle Tage in dem Kutschen spazieren fahrt! No, du bist g'spaßig!"

„Meinst, dass dei Vater dös machen kann?"

„Wenn er will, freili!" behauptete Sepperl stolz.

Burgerl Augen glänzten.

„Eia! Dös – wenn es sein könnt, dös tät mi g'freuen. Du, da schenk ich dir mein Hunderl, weisst, das Schnauzerl. Weil der Herr König gar so ein lieber, guter Herr ist und so arg schön anzuchau'n. Gleich hin bist auf der Stell', wenn Du zu ihm aufschaust!"

So hört der König die beiden Kinder reden, und immer von neuem huschte ein Lächeln über seine düsteren Züge.

2. Kapitel

Im Forsthaus

Da nun eine Pause im Gespräch der Kinder war, trat der König zwischen den Bäumen hervor auf die Kinder zu.

Sie blickten beide erstaunt auf, denn bis hierher verirrte sich selten einmal ein Spaziergänger. Nicht die leiseste Ahnung kam ihnen, welch ein hoher Herr der schlichte Wandersmann war.

Sepperl war ein wenig verlegen und wusste nicht, wie er sich dem Fremden gegenüber benehmen sollte, dessen Ankunft ihn sichtbar störte.

So rutschte er von der Bank herab und stieß Burgerl heimlich in die Seite, als wollte er sagen:

„Was will denn der? Ich hab' keine Lust, mich mit ihm abzugeben, komm, wir lassen ihn stehen!"

Und er trollte sich davon.

Burgerl aber sah zutraulich zu dem Fremden auf, ohne Sepperls heimlicher Aufforderung nachzukommen. Sie ahnte nicht, dass eben ihr großer Herzenswunsch, den König einmal zu sehen, in Erfüllung ging.

Auch sie erhob sich von der Bank und trat mit einem artigen Knicks vor den König hin.

„Gott, gnädiger Herr! Willst 'leicht den Vater sprechen? Er ist net daheim!"

Freundlich sahen die dunklen Augen des jungen Königs in das hübsche, unschuldsvolle Kindergesicht, und er sagte lächelnd:

„Nein, kleine Burgerl, ich hab' mich nur im Wald verirrt und bin müde und durstig."

Burgerl wischte hausfraulich über die Bank.

„So komm, hier kannst du rasten, wenn du müd' bist!"

„Ich danke dir, mein Kind. Und nun kannst du wohl ins Haus gehen zu deiner Mutter und sie um ein Glas Milch für mich bitten."

Burgerl strich ihr Röckchen glatt.

„Ach, schau, mei Mutterl ist net daheim, die is mit dem Tonerl, meinem Schwesterchen, dem Vater entgegen g'gangen. Gleich werden sie alle hier sein. Derweilen kann i dir aber selber ein Glaserl Milch herbeischaffen. Schön kühl sollst sie haben, gnäd'ger Herr, wart' nur a wengerl, gleich bin i wieder da!"

Und eilfertig sprang sie ins Haus.

Der König ließ sich aufatmend auf der Bank nieder und lehnte sich erschöpft zurück. Er bemerkte nicht, dass der Sepperl um die Hausecke herum nach ihm hinüberblinzelte.

Gleich darauf kam Burgerl mit einem Glas gekühlter Milch zurück. Sorglich strich sie die Tischdecke glatt, ehe sie die Erfrischung vor den Gast hinstellte.

„Wohl bekomm's, gnädiger Herr!", sagte sie herzig, ihm freundlich zunickend.

„Ich danke dir, kleine Burgerl", erwiderte der König und tat einen tiefen Zug aus dem Glas.

„Gelt, die schmeckt gut, unsere Milch?", fragte Burgerl lachend.

„Wohl bekomm's, gnädiger Herr!", sagte Burgerl.

„Sehr gut!", antwortete der König, und auf der Bank zur Seite rückend, fuhr er fort: „Komm setz' dich und plaudere ein wenig mit mir!"

Burgerl sah unschlüssig aus.

„Weißt, i kann Dir nix G'scheites verzählen, gnädiger Herr!", sagte sie, nahm aber doch neben ihm Platz und ließ Ihre Beinchen wieder tanzen.

Er sah sie lange an. Da wurde ihr so eigen zumute, wie noch nie in ihrem Leben. Das Herz klopfte ihr schnell und laut, und ihr Atem ging unruhig.

„Wo ist nur der Sepperl hin?", stieß sie fast ängstlich hervor.

Der König lächelte. Nicht zum ersten Mal hatte er die Macht seines Blickes erprobt. Fast auf jeden Menschen übten seine Augen einen seltsamen Einfluss aus, wenn er ihn forschend ansah.

„Ja, wo mag der Sepperl sein?", sagte er auch nun scherzend.

Wie er nun so lächelnd um sich blickte, wurde sie wieder ganz zutraulich und unbefangen.

„Ach, weißt, er wird im Hof beim Schnauzerl sein. No, dann wird er schon wiederkommen!", lachte sie vergnügt.

Und dann plauderte sie lebhaft drauf los.

Der König hörte ihr mit einem friedlichen Behagen zu und trank dabei die kühle Milch. Ihm war so traumhaft friedlich zumute, wie seit langem nicht. Er hätte lange so sitzen und Burgerls drolligen Worten lauschen mögen, die ihn erfrischten wie ein köstlicher Trunk aus einem Bergquell.

Zuweilen warf er auch einige Worte ein, um Burgerl immer von neuem zum Plaudern anzuregen.

Nach einer Weile erhob sich das Kind.

„Jetzt muss i erst mal nach dem Herd schauen, wegen der Abendsuppen. Wenn Vater und Mutter mit dem Tonerl heimkommen, ist Zeit zum Nachtmahl", sagte sie freundlich.

Der König seufzte auf, als täte es ihm Leid, dass das frohe Geplauder verstummte.

„Wirst du wieder herauskommen, Burgerl?", fragte er.

Burgerl nickte lebhaft.

„Aber ja! Gleich komm i wieder, wenn i mei Sach' g'richtet hab'. Es dauert nimmer lang!"

Damit lief das kleine Hausmütterchen eilig davon und verschwand in dem sauberen Häuschen.".

Der König atmete tief die würzige Waldluft und schaute sinnend vor sich hin.

Eine Weile lag noch der Abglanz des Lächelns, welches Burgerls Geplauder hervorgerufen hatte, auf seinem Gesicht. Dies Lächeln verlieh seinen schönen, edlen Zügen einen seltenen Zauber.

Sepperl erschien wieder verstohlen an der Hausecke und lugte, ob der Fremde noch nicht weitergegangen war. Als er ihn noch sitzen sah, verschwand er wieder

So saß der junge König ganz allein in der Waldesstille. Und je länger er saß, je trauriger und düsterer wurde sein Gesicht wieder.

Als Burgerl nach einiger Zeit wieder zu ihm heraustrat, saß er ganz melancholisch in sich zusammengesunken da, den Kopf in die Hand gestützt und den Blick schwermütig in die Ferne gerichtet.

Burgerl sah ihn betroffen an. Er schien sie gar nicht zu bemerken. Sein Anblick ergriff seltsam ihr junges Herz.

Zugleich empfand sie einen Schauer der Ehrfurcht. Die Majestät des Schmerzes auf dem königlichen Antlitz übte einen ungeahnten Eindruck auf sie aus. Sie wusste nicht, was sie empfand, denn sie war zu« klein, um »sich darüber klar zu werden. »

Nur eins wusste sie, dass sie inniges Mitleid empfand mit dem Fremden, und dass es sie drängte, ihm etwas Gutes zu tun.

Schnell trat sie an seine Seite. Leise und lind mit ihrer kleinen, braunen Kinderhand über seine Wange und seine Stirn streichelnd, sagte sie herzlich, mit weicher Innigkeit:

„Net traurig sein, lieber Herr, net traurig sein! Schau doch, wie schön goldig die Sonne hinter den Bergen versinkt. Schau wie gar schön sie der liebe Herrgott derschaffen hat, die liebe Sonne. Alle Menschen müssen doch Ihre Freud' d'ran haben, gelt? Und morgen in der Früh steigt sie wieder über die Berge auf; du, das ist eine Pracht. Wie lauter Gold! Gelt, du freust dich auch dran, a ganz kleines wengerl? Und gleich machst wieder ein frohes G'schau wie zuvor, gelt?"

Der König war unter der Berührung der warmen Kinderhand zusammengezuckt. Nun ergriff er diese kleine Hand, lächelnd dem Geplauder lauschend, und betrachtete sie aufmerksam.

„Diese Hand ist noch so jung und klein", dachte er, „und zeigt doch schon Spuren harter Arbeit. Diese Hand hat einem König wohlgetan und ihm für eine Weile die Sorgen von der Stirn gestreift, sie soll hinfort nicht mehr in grober Arbeit verhärten. Weich und lind strich sie über meine Stirn, so will ich dafür sorgen zum Dank, dass sie weich und ohne Schwiele bleibt."

Mit einem gütigen Blick sah der junge König in Burgerls klare Augen und sagte leise:

„Liebe, kleine Burgerl!"

Das Kind sah zu ihm auf und holte tief Atem.

„Wie du mit eins gar seltsam tust anschauen, rief sie beklommen."

„Wie denn, Burgerl?", fragte der König lächelnd.

„I weiß net", antwortete sie, ihn immerfort anschauend. „Gar so arg vornehm und stolz tust ausschauen. Weißt, so a wengerl wie unser lieber, guter Herr König, ja, so schaust aus. Bloß so ein schönes Gwand hast net an wie er, und keine Krone hast auch net und – ach, i weiß net recht, aber glauben kannst es mir!"

Der König wollte sich aber nicht zu erkennen geben. Er liebte es, unerkannt die Meinung der Leute über sich zu erforschen. So suchte er Burgerl abzulenken.

Aber sie war nun wieder bei ihrem Lieblingsthema und erzählte ihm, wie sehr sie sich sehnte, den König einmal zu sehen.

Lächelnd hörte er ihrem kindlichen Geplauder zu. Und dabei nahm er sich vor, die Kinder demnächst einmal nach Schloss Hohenschwangau holen zu lassen und sich ihnen dort als König erkennen zu geben.

Sepperl wurde die Zeit lang. Wieder und wieder lugte er verstohlen um die Hausecke und versuchte sich Burgerl durch allerlei Zeichen bemerkbar zu machen.

Aber sie war mit dem Fremden beschäftigt, dass sie gar nicht mehr an Sepperl dachte.

Verdrießlich schlenderte Sepperl wieder nach dem Hof, neckte sich mit Schnauzerl und pfiff leise vor sich hin.

Eine ganze Weile war vergangen.

Burgerl und der König plauderten noch immer miteinander, und der König hatte inniges Vergnügen an der reichen Fantasie des kleinen Förstertöchterchens.

Da tönte plötzlich ein lauter Jodler durch den Wald.

Burgerl sprang mit strahlendem Gesicht empor und ließ nun auch ihre helle, frische Stimme in einem lauten Jodler ausklingen.

Nun tönte ein Doppeljodler zurück von einer Männer- und einer Frauenstimme.

„Hörst, gnädiger Herr? Vater und Mutter kommen mit dem Tonerl heim!", verkündete Burgerl fröhlich dem König.

Dieser sah nun dem heimkehrenden Försterpaar erwartungsvoll entgegen.

Und bald darauf trat der Förster mit seinem Weib und dem jüngsten Töchterchen, das er auf dem Arm trug, zwischen den Bäumen hervor.

Es waren zwei gesunde, kraftstrotzende Gestalten. Der Förster hatte dunkles Haar und dunkle Augen. Sein von Wind und Wetter gebräuntes Gesicht sah aus, als ob es von Bronze sei. Es hatte scharfe, kühne Züge, und wenn die Augen nicht so gutmütig und bieder aus dem Gesicht gesehen hätten, konnte man vor dieser mächtigen Erscheinung wohl bange werden.

Die Försterin war auch groß und stattlich. Wie bei Burgerl, legten sich auch bei ihr goldbraune Zöpfe um den Kopf, und das hübsche, gebräunte Gesicht war dem Burgerls sehr ähnlich, nur waren des Kindes Züge feiner noch und lieblicher geschnitten.

Das kleine Tonerl war ein Krauskopf mit des Vaters dunklen Augen, die munter wie blanke, schwarze Kirschen aus dem kindlichen Gesicht leuchteten.

Mit Wohlgefallen hing des Königs Blick an diesen schönen Gestalten. Es aus einem Defreggerbild[1] herausgeschnitten.

Burgerl war ihnen jauchzend entgegengelaufen und umfasste Vater und Mutter zugleich. Und dann erzählte sie in ihrer lebhaften Art von dem fremden Herrn, der so arg müde sei und dem sie ein Glas Milch gebracht hatte. Die Mutter lobte sie und strich ihr liebevoll das Haar aus der Stirn.

Tonerl verlangte von des Vaters Arm herab nach der Schwester. Der Förster setzte sie nieder und ging dann mit seiner Frau auf den Fremden zu.

Freundlich und herzlich begrüßten sie ihren Gast. In den Bergen ist man sehr gastfreundlich und fragt nicht erst nach woher und wohin. Es genügte den braven Leuten, dass ein müder Wanderer bei ihnen Rast halten wollte, um ihn willkommen zu heißen.

Weder dem Förster noch seiner Frau kam eine Ahnung, wer der schlicht gekleidete Fremde war. Hatten sie doch beide noch nicht den König von Angesicht gesehen, und das Bild drinnen in der Wohnstube war ein sehr mittelmäßiger Öldruck und gab kein wirkliches Abbild des Königs, zumal er auf diesem Bild im Krönungsornat abgebildet war.

Der König fühlte sich angenehm berührt durch die schlichte Art der Försters Leute. Er sagte ihnen nun, dass er sich verirrt habe und müde und hungrig sei.

Sofort wurde er herzlich eingeladen, am einfachen Abendessen teilzunehmen und im Försterhäuschen zu übernachten.

---

[1] Franz Defregger (1835 - 1921) war ein österreichisch-bayerischer Genre- und Historienmaler und Vertreter der Münchner Schule. Er malte u.a. Porträts, Motive aus dem bäuerlichen Alltagsleben.

„Wir können Euch freili' nur ein winzig kleines Stüberl für die Nacht richten, Herr, es ist das Giebelstüberl da oben. Aber sauber is, und von Herzen gern sollt Ihr's haben, wenn Ihr damit fürliebnehmen wollt", sagte die Försterin freundlich.

Der König folgte mit den Augen ihrer zeigenden Hand. Das Fenster zu dem Giebelstübchen war freilich noch ein wenig kleiner als die anderen. Aber auch hier hingen blütenweiße Gardinen, und rote Geranien blühten davor.

Das sah für den müden Wanderer recht verlockend aus, und er nahm die gebotene Gastfreundschaft dankend an; denn er war wirklich zu erschöpft, um noch nach Schloss Hohenschwangau zurückkehren zu können.

Außerdem aber erfüllte seine gequälte Seele in der Umgebung der schlichten, treuherzigen Menschen, die ihm so freundlich entgegenkamen eine friedliche Ruhe. Ihm war zumute, als habe er nach langer Wanderung in einer trostlosen Wüste eine friedliche Oase gefunden.

Das kleine Burgerl hatte es dem König angetan. Ihr quellfrisches Geplauder war ihm eine große Wohltat.

Es gibt Menschen,— die Uns auf den ersten Blick sympathisch sind, dass man sich zu ihnen hingezogen fühlt und ihr Wesen uns wohltuend berührt. Sie scheinen uns gleich bekannt und Vertraut, und wir müssen sie liebhaben, ob wir wollen oder nicht.

So war es zwischen dem König und Burger. Trotz des Verschiedenen Alters und der Verschiedenen Lebensstellung fühlten sich ihre Herzen zueinander hingezogen.

Alle, außer der Försterin, setzten sich nun um den Tisch vor dem Haus. Es war noch zu schön, um schon hineinzugehen. Der Abend war warm und lind.

Die Försterin ging ins Haus, um das Abendessen fertig zu machen.

Nun kam endlich auch der Sepperl wieder zum Vorschein. Der König sah ihn lächelnd an und fragte:

„Nun, Sepperl, du weißt wohl, dass jetzt Essenszeit ist? Hast gewiss eine Uhr bei dir, die recht genau geht!"

Er meinte damit Sepperls Magen, der die richtige Zeit angab.

Sepperl verstand das aber nicht. Er lachte über das ganze Gesicht.

„Eine Uhr hab' i net, Herr, aber der Vater, der hat eine feine Uhr, jawohl, die hat er g'schenkt kriegt vom König Ludwig. Weißt, so eine Uhr, dös ist halt was, verstehst, die hat net a jeder!"

Der König lachte amüsiert.

„So, so, also ganz etwas Rares ist solch eine Uhr vom König? Gelt, da möchtest du wohl auch eine haben?"

Sepperl rutschte auf der Bank hin und her und schüttelte verlegen den Kopf.

„Ah na, wo denkst hin, Herr! Mein Vater hat sie kriegt, weil er den Herrn König in dunkler Nacht, wie's gewittert und g'stürmt hat, sicher an seiner Schlucht lang heimg'fahren hat. Dermalen is es auf Tod und Leben g'gangen", sagte er mit verlegenem Stolz.

Der König dachte eine Weile nach, welchen von seinen Kutschern er auf diese Weise belohnt hatte. Er fand es bald heraus und wusste nun genau, wer Sepperls Vater war.

„Nun, da bist du wohl sehr stolz auf diese Uhr?", fragte er lächelnd.

Sepperl nickte hastig.

„Freili, und mei Vater hat g'sagt, die Uhr soll ich später von ihm kriegen, weißt, wann er mal sterben tut!"

Da musste der König wieder lachen.

„Hoffentlich lebt dein Vater noch recht lange, Sepperl. Aber dann musst du arg lange auf die Uhr warten", sagte er freundlich.

„Ach, der Bub' weiß ohnedies, was die Glocke g'schlagen hat", sagte der Förster, mit der Hand über Sepperls kurzgeschorenen Blondschopf fahrend.

Der König unterhielt sich nun mit dem Förster. Dazwischen plauderte er immer wieder mit Burgerl, die ab und zu lief und den Tisch für das Abendessen deckte.

Bald darauf kam die Försterin mit der Abendsuppe.

Der König bekam, gleich den anderen, einen guten Teller voll der kräftigen Kräutersuppe. Danach gab es noch Kartoffeln in der Schale mit Speckwürfeln und für den Gast noch extra ein Stück frische Butter.

So gut hatte es ihm lange nicht geschmeckt.

Weil er sich nun beim Schälen der Kartoffeln ungeschickt anstellte, schälte ihm Burgerl flink eine ganze Portion und lachte fröhlich über seine Ungeschicktheit.

Ludwig sah lächelnd und gerührt auf die flinken Kinderhände herab. Wie selbstlos sie sich mühten für den fremden Gast! Und wieder stieg der Wunsch in ihm auf, der kleinen Burgerl ein freundliches Geschick zu bereiten.

„Diese Hände sollen gesegnet sein", dachte er bewegt. „Sie haben mir wohlgetan, haben sich für mich bemüht, ohne darum zu fragen, ob ich's ihnen lohne. Das will ich nie, niemals vergessen; ein König darf sich nicht beschämen lassen!"

Fröhlich und behaglich saß die kleine Gesellschaft bei Tisch.

Nach dem Essen räumten die Försterin und Burgerl schnell den Tisch ab und stellten noch eine Kanne Bier und zwei Gläser vor die Männer hin.

Der Förster stopfte sich ein Pfeifchen, und Burgerl und Sepperl sangen zusammen ein hübsches Abendlied.

Hell und rein klang Burgerls frische Stimme durch den Wald. Sepperl sang die zweite Stimme dazu, und schließlich brummte auch der Förster den Bass mit.

Da saß der König wie in friedliches Behagen eingesponnen und lauschte voll Andacht, als sei er in einer Kirche.

Nun wurde zuerst das Tonerl zu Bett gebracht. Burgerl und Sepperl durften noch ein Weilchen aufbleiben. Die Försterin richtete inzwischen für ihren Gast das Giebelstübchen.

Später führte dann der Förster ihn hinauf in das von Sauberkeit leuchtende Zimmerchen.

Es war sehr einfach eingerichtet. Ein eisernes Bettgestell, ein Kleiderschrank, ein schmales Waschtischchen, ein Tisch und zwei Stühle, das war alles. Aber das Bett war mit dem besten weißen Linnen überzogen, das die Försterin in ihrem Wäscheschrank hatte.

Es duftete nach frischen Waldveilchen. Die suchten die Kinder jedes Jahr im Wald und parfümierten auf diese natürliche und angenehme Weise den Wäscheschrank.

Noch eine ganze Weile stand der König, als er allein war, an dem kleinen, geöffneten Fenster und blickte in den schweigenden Wald hinaus.

Ein Gefühl inniger Dankbarkeit erfüllte des Königs Herz. So wohl und leicht war ihm schon lange nicht gewesen wie in diesem schlichten Haus.

Er dachte gar nicht daran, dass ihn daheim in seinem Schloss die Dienerschaft vermissen und wohl nach ihm suchen würde. Die Welt da draußen mit allem Glanze und aller Qual war vergessen. An diesem friedlichen Abend war er nichts als ein Mensch, der mit Wonne die himmlische Ruhe genoss.

Als er sich dann niederlegte, schlief er schnell ein. Das geschah ihm selten. Und noch seltener geschah es, dass er ruhig und friedlich, wie heute, bis zum hellen Morgen schlief. Er erwachte erst, als er Burgerls Stimme unter seinem Fenster erklingen hörte.

3. Kapitel

Waldvöglein — Sonnenscheinchen

Wunderbar erfrischt und gestärkt erhob er sich und kleidete sich an.

Unten wartete schon ein sauber und appetitlich gedeckter Frühstückstisch auf ihn.

Burgerl sprang ihm fröhlich entgegen.

„Grüß Gott, Herr, hast du gut g'schlafen? Gelt, du hast! I hab' gestern Abend den lieben Herrgott schön drum g'beten. Gelt, du hast gut ausg'schlafen?", fragte sie eifrig.

Der König streichelte über ihr frisch geflochtenes Haar, aus dem sich jetzt am Morgen nur wenig goldene Ringlein stahlen.

„Du hast für meine Nachtruhe gebetet, Burgerl? Nun weiß ich doch, warum ich so gut geschlafen habe!", antwortete er lächelnd.

Sie klatschte erfreut in die Hände.

„Da setz dich her! Mutter bringt dir gleich das Frühstück. Gelt, Hunger hast nun auch?"

Der König nickte.

„Ja, Hunger hab' ich auch."

„No wart' nur a wengerl! Die Mutter weiß schon, dass du unten bist. Der Vater ist schon längst in Wald g'gangen, er lasst dich schön grüßen und sollst uns bald mal wieder besuchen, wenn dein Weg da vorübergeht", plauderte Burgerl munter.

Der König strich ihr wieder über das Köpfchen.

„Waldvöglein, Sonnenschein, was bist du für ein liebes Ding!", sagte er bewegt.

Nun kam die Försterin. Mit einem freundlichen „Grüß Gott" nötigte sie ihren Gast zum Frühstück.

Als er es zu sich genommen hatte und sie nach dem Weg fragte, sagte sie ihm, dass eins der Kinder ihn aus dem Wald nach der Straße führen würde.

Burgerl erbot sich sofort dazu, und da Sepperl ohnedies nicht zu finden war, willigte die Försterin ein, obwohl ihr Burgerl im Haushalt helfen sollte.

Vergnügt plaudernd, hüpfte Burgerl neben dem König her, nachdem sich dieser von der Försterin verabschiedet hatte. Eine Entlohnung für die gebotene Gastfreundschaft hatte diese freundlich, aber bestimmt zurückgewiesen.

„Was wir haben, dös haben wir gern 'geben, Herr, und wenn Ihr wieder des Wegs kommt, sollt ihr uns willkommen sein!"

So hatte sie gesagt.

Der König hatte nicht weiter in sie gedrungen. Seine Dankbarkeit wollte er auf andere Weise besser bezeugen.

Rüstig schritt er neben Burgerl her. Und da brachte er dann selbst noch einmal die Rede auf den König.

„Du möchtest den König wohl gar zu gern einmal sehen, Burgerl?", fragte er lächelnd.

Sie nickte energisch.

„No, dös kannst glauben; ich hab' keine Ruhe net, als bis mir's dem Sepperl sein Vater erlauben tut, dass i ihn mir anschau", sagte sie tief aufatmend.

„Nun, ich werde dafür Sorge tragen, Burgerl, dass es bald geschieht. Du sollst ihn sehen!"

Da blickte sie erstaunt zu ihm auf.

„Geh', g'hörst zu seinen Hofleuten? Gar noblig schaust schon aus!", sagte sie ehrfurchtsvoll.

Er lachte.

„Vielleicht gehöre ich zu seinem Hofstaat, kann schon sein. Aber sag mir mal Burgerl, warum hast du den König so lieb?"

Burgerl schlug die Hände zusammen.

„O lieber Gott! Wie Du so fragen kannst! Weil er halt unser lieber, guter Herr König is und gar ein so guter, lieber Herr! Sollst nur hören, was Vaterl und Mutterl uns erzählen tun, wie gar gut und lieb er is. O nein, das kannst Dir 'leicht net ausdenken. Nur wissen möcht' i, wie er ausschaut. Weißt, der Sepperl red' so dumm daher. Uijegerl, 'leicht hast Du ihn schon g'sehen den Herrn König, hm?".

Sie sah dabei gespannt fragend zu ihm aus.

„Ja!" sagte der König darauf.

Da fasste sie erregt nach seiner Hand. « -

„No, dann erzähl' mir g'schwind, wie er ausschaut, gelt, Du erzählst es mir?" bettelte sie.

Er schüttelte aber lächelnd den Kopf.

„Nein, Burgerl, warte nur noch kurze Zeit, dann sollst Du ihn selbst sehen."

„Machst auch keine Spasetteln? Is es g'wiss wahr?" fragte sie dringend.

„Ganz gewiss wahr!" beteuerte der König.

Burgerl sprang vor Freude hoch empor.

„O dann dank' i Dir auch gar schön. Hm! Mei Vaterl hat's eh gleich g'merkt, dass Du ein gar guter Herr bist. Weißt, was er heut' in der Früh, als er zum Dienst g'gangen is, g'sagt hat zum Mutterl?"

„Nun?" fragte der König.

Burgerl machte ein drollig wichtiges Gesicht, und den Vater nachahmend, sagte sie mit tiefer Stimme:

„Lonerl, i muss jetzt 'raus in den Wald. Geh, mach's unserm Gast noch recht b'haglich; i glaub', er kann a wengerl Lieb' und Güt' nötig brauchen!" Und lachend wieder ihre richtige Stimme annehmend, fuhr sie fort:

„Weißt, Lonerl heißt mei Mutterl. Und dass Du's nur gleich weißt, ich hab' Dich gar lieb g'wonnen, und 'leicht kommst bald mal wieder ins Försterhäusel, gelt? I tu mich drauf freuen!"

Der König kämpfte mit seiner Rührung.

„Waldvöglein, kleiner, lieber Sonnenschein!" murmelte er vor sich hin.

„Was sagst, gnad'ger Herr?" fragte Burgerl.

„Ja, Kind, ich komme wieder, sobald ich wieder einmal Zeit habe, besuche ich Euch!" antwortete er.

Darüber freute sich Burgerl sehr.

So gingen sie weiter, der stolze, mächtige König und das schlichte Försterkind. Und sie plauderten miteinander, als gäbe es keinen Standesunterschied auf der Welt. Sie waren ja auch allein mit dem lieben Gott, und vor dem sind alle Menschen gleich. Als sie die Hälfte des Weges zurückgelegt hatten, kamen ihnen Diener aus dem Schloss entgegen.

Man hatte bereits voll Unruhe nach dem König geforscht, als der Kammerdiener gemeldet hatte, dass Majestät zur Nacht nicht heimgekehrt sei.

Nun sahen sie ihn erstaunt mit dem kleinen Mädchen im roten Röckchen daherkommen.

Der König winkte ihnen aber gebieterisch zu, sich zurückzuziehen und ihn nicht zu stören. Aber an der nächsten Wegscheide verabschiedete er sich mit herzlicher Freundlichkeit von Burgerl und schickte sie nach Hause.

„Gelt, du vergisst net drauf, dass Du wiederkommst und ich den Herrn König anschau'n darf!", erinnerte ihn Burgel noch einmal.

„Ich vergesse es gewiss nicht. Leb' wohl, Waldvöglein!", sagte er herzlich.

Da sprang Burgerl vergnügt davon und winkte ihm noch einmal zu. Erst als sie verschwunden war, rief der König seine Diener herbei und erklärte ihnen kurz, dass er sich gestern Abend im Wald verirrt und im Haus des Försters Malwinger übernachtet habe.

Burgerl erzählte daheim aufgeregt der Mutter und dem inzwischen heimgekehrten Vater, welches Versprechen ihr der Gast gemacht habe. Die Eltern sahen sich überrascht an, und der Förster sagte:

„Weißt, Lonerl, es wird wohl einer der Herren im Hofstaat des Königs g'wesen sein. Der König soll ja jetzt wieder in Hohenschwangau wohnen."

Die Försterin war ganz stolz.

„Jegerl", sagte sie erregt, „wenn's ihm nur net zu g'ring g'wesen is bei uns im Giebelstüberl!"

Der Förster klopfte lachend ihre Schulter.

„Geh', Lonerl, ein Schelm gibt mehr als er hat. Dass wir arme Förstersleut' sind, hat er halt schon g'merkt. Mach dir d'rum keine Kopfschmerzen!"

4. Kapitel

Auf Befehl des Königs

Einige Tage später hielt vor dem Forsthaus eine königliche Equipage. Auf dem Bock saß Sepperls Vater als Kutscher und der Wagen war leer.

Der Förster und die Försterin, Sepperl, Burgerl und Tonerl, alle kamen herbeigestürzt und begrüßten den Kutscher.

„Heinerl, wo kommst denn du daher in aller Früh – und gar mit einer königlichen Kutsche? Grüß' Gott!", rief die Försterin, ihrem Bruder die Hand schüttelnd.

Heinrich Ronacher, Sepperls Vater, schob den Hut aus der Stirn und wischte sich den Schweiß ab, ehe er allen die Hand schüttelte und seinem Buben einen herzhaften Kuss aufdrückte.

„Grüß' Gott alle miteinand'!", sagte er. „Gelt, ihr tut euch wundern, dass i hier vorfahr? Ja, i selbst bin net weni' erstaunt. Dös is eine verzwickte Sach'. Gib Acht, Lonerl, gleich wird dir der Verstand a wengerl stehen bleiben; wenn du hörst, was i mit meinem Kutschen will!"

„No, no, Heinerl, was is denn los?", fragte nun auch der Förster seinen Schwager.

Dieser wischte sich wieder über die Stirn.

„No, alsdann passt fein auf: Also – i bin hier im Auftrag Seiner Majestät. Jawohl!"

„Waaas?", rief die Försterin erstaunt. „Ach geh, Heinerl! Willst uns weismachen, dass dich der Herr König mit seinem Kutschen ganz express zu uns herausg'schickt hat?"

Heinrich Ronacher schüttelte den Kopf.

„Verlasst's euch nur d'rauf. Was i sag', hat seine Richtigkeit. Seine Majestät, der König, tut mich hierherschicken."

Die Försters Leute sahen sich verdutzt an.

„Ja, meiner Seel', was sollst denn nachher bei uns? So tu doch nur reden, Heinerl!", rief die Försterin unruhig.

Ihr Bruder weitete sich mit dem Finger den Halskragen. Und dann stieß er hastig heraus:

„Das Burgerl soll i holen – und den Sepperl – zu Seiner Majestät ins Schloss – ja. Seine Majestät haben es mir selbst befohlen. ,Fahren Sie zum Förster Malwinger und holen Sie mir das Burgerl und den Sepperl', hat er g'sagt, ja – und da bin i und mehr weiß i selber net."

Alle sahen sich bestürzt an.

„Burgerl und Sepperl ins Schloss?" fragte die Försterin atemlos vor Schreck.

Da sprang aber Burgel jauchzend empor und klatschte in die Hände:

„Dös, wird schon seine Richtigkeit haben, Mutterl! Denkst nimmer an unseren lieben Gast? Er hat mir doch versprochen, dass i den Herrn König sehen soll, 'leicht war er wirklich einer von den Hofleuten und hat es dem König g'sagt, dass i ihn mir gar zu gern anschau'n möcht. Ach, du mei liebes Herrgottel – Sepperl, hast's g'hört, aufs Schloss sollen wir zwei kommen? Schnell, Mutter, schnell, mei Sonntagsg'wand! I kann's nimmer erwarten, schnell, hilf mir in mei G'wanderl!"

So sprudelte Burgerl aufgeregt hervor und schüttelte den verdutzt dastehenden Sepperl, dass ihm hören und sehen verging.

Nun gab es große Unruhe. Der Förster und die Försterin berieten mit Sepperls Vater.

Darüber war man einig, dass des Königs Befehl befolgt werden müsse. Und schließlich sagte der Förster zu seiner Frau:

»Nun geh' schon, Lonerl, und richt' die Kinder sauber her. Es kann schon sein, dass Burgerl recht hat. Und wenn auch net, nix Schlimmes kann ja den Kinderln net passieren. Also geh' und richt' sie her!«

Burgerl und Sepperl wurden nun von Grund aus gewaschen, mit frischer Wäsche und ihrem besten Gewand bekleidet, gebürstet und gekämmt, dass sie beide vor Sauberkeit blitzten und blinkten.

Auch die neuen, derben Nagelschuhe und ganz neuen Strümpfen müssten sie anziehen, und jedes setzte ein kleines Filzhütchen auf.

Burgerls lockiges Haar wurde immer wieder von der Försterin glatt gebürstet, aber die widerspenstigen Löckchen stahlen sich doch überall wieder hervor.

Endlich war die Toilette beendet.

Die Kinder bekamen nun so viele Verhaltensmaßregeln, dass ihnen der Kopf brummte und sie alles durcheinanderwarfen.

Klopfenden Herzens legte die Försterin erst zwei große, frische Taschentücher von ihrem Mann über die grauseidenen Wagenpolster, ehe sie die Kinder vorsichtig hineinhob in die vornehme Kutsche.

„Dass ihr fein stillsitzt und euch net rührt!", gebot sie und drückte ihrem Burgerl schnell noch einen Kuss auf die blühende Wange.

Burgerl strahlte von wonnevoller Erwartung. Ihre lebhafte Phantasie eilte dem Wagen voraus und im Geiste sah sie sich schon in einem Wunderland.

Sepperl saß beklommen und unbehaglich auf dem weichen Polster. Ihn freute die ganze Geschichte gar nicht recht.

Er wäre am liebsten daheim geblieben, und wenn sein Vater nicht dabei gewesen wäre, hätte er sich gegen diese Fahrt heftig gesträubt.

Als der Wagen abfuhr, rief die Försterin noch schnell leise zu ihrem Bruder hinauf:

„Gelt, Heinerl, nix Schlimmes lasst du ihnen net g'schehen, da verlass i mich drauf!"

Heinerl nickte bedächtig:

„Dös braucht dich net zu b'kümmern, Lonerl. Seine Majestät hat mir doch g'sagt, i soll euch sagen, dass i die Kinder heut' Abend wohlbehalten wieder zurückbring'!"

Die Försterin schlug die Hände zusammen.

„Du Lackel, Du dummer, dös, wenn Du mir gleich g'sagt hättest. I komm bald um vor Angst, und Du sagst mir die Hauptsach z'letzt."schalt sie halb lachend, halb ärgerlich.

„No, no, ich hab' halt drauf vergessen, Lonerl!" brummte Heinerl. „No also, b'hüt Gott, Lonerl, b'hüt Gott auch, Schwager. Bis heut' Abend!"

Nun ging es vorwärts auf dem weichen Waldweg.

Der Förster und die Försterin sahen dem Wagen nach bis er verschwunden war. Dann sagte die Försterin aufatmend:

„Er is ja ein guter Herr, unser König. Gelt, Vaterl. Du bist auch g'wiß, dass ihnen nix Schlimmes passieren tut!"

Der Förster legte seinen Arm um seine Frau.

„Sorgen darfst Du Dich net, Lonerl. Der König hat g'sagt, dass sie am Abend wohlbehalten heimkommen. Das dürfen wir uns scho' fest d'rauf verlassen!" sagte er ruhig. Aber ein wenig beklommen war den Eltern doch zumute.

Burgerl und Sepperl saßen inzwischen steif und unbeweglich im Wagen. Burgerls Füßchen wollten zuweilen einen Tanz aufführen, aber dann klapperten die schweren Schuhe laut an den Wagensitz und schnell hielt sie wieder still.

Nur flüsternd tauschten die beiden Kinder ihre Vermutungen aus, denn auch in diesem Wagen umgab sie schon Hofluft. Und wer nicht gewohnt ist, diese zu atmen, dem legt sie sich beklemmend auf die Brust.

Aber schön fanden sie diese schnelle Fahrt durch den hellen Sommermorgen doch über die Maßen. Wenn Sepperl immer wieder seiner Befürchtung Worte gab, dass diese Fahrt ins Schloss etwas Übles bedeuten könne, dann tröstete ihn Burgerl zuversichtlich:

»Wirst schon sehen, Sepperl, dös is von dem lieben, guten Herrn aus'gangen, der neulich bei uns Giebelstüberl g'schlaffen hat. Er hat es mir gar fest versprochen, dass i den Herrn König anschau'n soll. Und was so ein fürnehmer Herr verspricht, dös halt er auch g'wiß. I hab' keine bisserl Angst und tu mich nur freuen!"

Sepperl hatte aber alle Mannhaftigkeit eingebüßt und war gar nicht zuversichtlich, dass dieser herrlichen Fahrt noch weitere Genüsse folgen würden. Er dachte wohl bei sich, dass mit großen Herren nicht gut Kirschen essen ist.

So schnell die Fahrt auch ging, dünkte sie den Kindern doch eine Ewigkeit. Aber endlich sahen sie das

Schloss vor sich liegen, und sich fest bei den Händen fassend schauten sie aus den Wagenfenstern zu dem stolzen Gebäude empor.

5. Kapitel

Der Besuch im Schloss

König Ludwig hatte Befehl gegeben, die beiden Kinder sofort nach ihrer Ankunft zu ihm zu führen.

Als diese nun die große Halle betraten und über die teppichbelegten Treppen geführt werden sollten, wollte Burgerl durchaus erst die Schuhe ausziehen, damit die Teppiche geschont würden.

Der Diener, der sie führte, hinderte sie jedoch lächelnd daran und sagte ihr, das sei nicht angängig, dass sie nicht barfuß vor Seiner Majestät erscheinen dürfe.

Den Kindern klopfte das Herz bis in den Hals hinauf. Burgerl schritt aber doch tapfer neben dem Diener her. Sepperl folgte zögernd und blickte nach seinem Vater zurück, der auf seinem Kutschbock geblieben war. Erst als ihm der Vater energisch zuwinkte, dem Diener zu folgen, tat er es beklommenen Herzens.

Mit großen Augen betrachteten die Kinder die fremde, glänzende Umgebung, und vor jedem Diener, den sie begegneten, machte Burgerl einen tiefen Knicks und stieß Sepperl an, dass er den Hut zog.

Zaghaft balancierten sie an den Fußspitzen, und die vollkommene Ruhe und Stille in dem großen Schloss kam ihnen märchenhaft und geheimnisvoll vor.

„Gelt, Sepperl dös is so still hier wie in dem Schloss vom Dornröschen; 'leicht schlafen sie hier auch alle!" flüsterte Burgerl mit erwartungsvoll blitzenden Augen.

48

Sepperl antwortete gar nicht. Ihm war flau im Magen vor lauter Angst.

Lange mussten sie laufen über teppichbelegte Treppen und Gänge. Dann blieb der Diener vor einer Tür stehen, an der zwei andere Diener regungslos standen. Er sagte diesen leise einige Worte.

Da öffneten die beiden anderen Diener geräuschlos eine hohe Flügeltür und schoben die beiden Kinder sanft in einen großen Saal hinein.

Und nun schloss wieder die Tür hinten den Kindern, und diese standen nun atemlos erstaunt in einem herrlichen Saal, und vor ihnen, in königlicher Pracht gekleidet — der fremde Gast aus dem Försterhäuschen.

Um die Kinder noch mehr zu überraschen, hatte der König den Krönungsmantel umgelegt.

Burgerl erkannte ihn sofort. Auf die Knie niederstürzend vor der glanzvollen, imponierenden Erscheinung, rief sie halb jubelnd, halb erschrocken:

„O mei liebes Herrgottel – der Herr König – der liebe, gute Herr König selbst ist unser Gast g'wesen!"

Sepperl war vor Schreck über den Teppich gestolpert und blieb platt auf dem Bauch liegen. Nur den Kopf hob er ängstlich empor, und zu der majestätischen Gestalt emporblickend, sagte er zitternd:

„O du mei Herrgottel, jetzt hat er wirklich einen Purpurmantel um, der Herr König!"

Und vor Ehrfurcht erstarrt blieb er liegen, wo er lag, und wagte nicht, aufzustehen.

Der König musste herzlich lachen über den drolligen Wicht. Und dann trat er zu Burgerl heran und reichte ihr die Hand, die sie zaghaft küsste.

Ein Schauer der Andacht flog über sie hin und ihre großen Augen hingen entzückt an der strahlenden Erscheinung.

„Oh, wie schön schaust du aus, lieber guter Herr König!", flüsterte sie.

König Ludwig legte lächelnd seine Hand auf ihr Köpfchen.

„Bist du nun zufrieden, Waldvöglein?", fragte er.

Sie seufzte aus Herzensgrund.

„O, nur a wengerl lass Dich doch anschaun, nur a wengerl noch, guter Herr König! Soviel prächtig schaust aus! Soviel prächtig!! sagte sie leise und betrachtete sich den König ganz genau.

Und dann sah sie sich nach Sepperl um, ob er wohl auch den König genau betrachtete und einsah, dass sie recht gehabt hatte.

Sepperl lag aber noch immer lang auf dem Boden. Da machte sie ihrer Erregung Luft, indem sie ihm einen kräftigen Rippenstoß versetzte.

„So schau doch auf, richt Dich empor, du dummer Bub! Schau doch die Pracht, dös is noch viel tausendmal schöner, als auf dem Bilderl daheim, gelt?"

Sepperl fand nun endlich den Mut, sich aufzurichten.

Der König musste wieder über sein bestürztes Gesicht lachen. Das drollige Gebaren der beiden Kinder machte ihm viel Spaß.

Kein Wort brachte Sepperl über den Lippen. Er trat nur beklommen von einem Fuß auf den anderen und wagte kaum, die Majestät anzusehen.

Nun aber rief der König einen Diener herbei, und übergab ihm die Kinder.

Der Diener führte die Kinder wieder hinaus.

Burgerl schaute noch ein letztes Mal zurück nach der glanzvollen Erscheinung und tat einen tiefen Atemzug.

Der Diener führte die Kinder in einem anderen, kleineren Saal. Dort mussten sie sich auf Stühle setzen, die mit Seide bezogen waren, und warten.

Nach einer Weile wurden sie in ein anstoßendes Gemach geführt. Dort war eine Tafel gedeckt, und als sie eintraten, kam ihnen den König entgegen. Er hatte sich seines Prachtgewandes entledigt und erschien nun im schlichten Kleide, wie neulich im Wald.

Die Kinder mussten sich nun mit ihm zu Tisch setzen und mit ihm speisen.

„Neulich war ich euer Gast, heute sollt ihr meine Gäste sein!", sagte er freundlich.

Burgerl wurde, da der König das Prachtgewand abgelegt hatte, wieder ganz zutraulich und plauderte frisch drauf los.

Sepperl beschränkte sich mehr auf reellere Dinge. Das Gleichgewicht fand er ja nun auch langsam wieder und aß tüchtig von den guten Sachen, die ihnen vorgesetzt wurden.

Der König hatte in der Zusammensetzung der Speisen dem Geschmack der Kinder Rechnung getragen.

Burgerl gab in ihrer drolligen Weise ihrer Verwunderung darüber Ausdruck, dass immer neue Speisen aufgetragen wurden.

„Musst du alle Tage so viel zu Mittag essen?", fragte sie den König.

Und Sepperl sagte endlich mit einem tiefen Stoßseufzer:

„Wann i g'wusst hätt', dass es hier gar so viele gute Sach' zu essen gibt, nachher hätt' i heut' in der Früh net so viel Suppen g'gessen. Nu kann ich halt net a Bröderl mehr runterbringen"

Der König belustigte sich sehr über das drollige Gebaren der Kinder.

Der König erklärte Burgerl all das Neue und Fremde um sie her. Sie stellte nicht wenig Fragen. Für alles zeigte sie das größte Interesse.

Nachdem die Tafel zu Ende war, führte der König die Kinder selbst durch das ganze Schloss und zeigte ihnen dann auch den Garten.

In Burgerls Gesellschaft war er so froh und heiter, wie sonst nur selten. Das fröhliche, kluge Kind wirkte wirklich wie Vogelsang und Sonnenschein auf seine verdüsterte Seele.

Burgerls Augen hingen bei alledem voll Liebe und Verehrung an dein Gesicht des Königs. Sie war glücklich über alle Maßen und ging selig um er.

Einmal sagte sie, in sich hineinlachend:

„Weißt was, Herr König i hab' mir halt schon a wengerl gdacht, dass Du ein arg Vornehmer Herr bist. Gar so stolz und schon hast Du in Dein schlichten G'wanderl ausg'schaut. Und das Bild im Wohnstuberl daheim, dös g'fällt mir nun nimmer; tausendmal schaust du in Wirklichkeit aus!"

„So, so," sagte der König lächelnd. "Da wirst Du jetzt das Bild gar nicht mehr anschauen mögen!"

„O — ich brauch' dös auch net mehr anzuschauen. I druck die Augen zu und denk' an Dich — und gleich stehst wieder in Deinem Prachtg'wand vor mir!" erklärte sie froh.

Da strich der König wieder über den lockigen Scheitel, um den längst wieder ein goldiger Schein von tausend Löckchen entstanden war.

Gerade flimmerte die Sonne darüber hin, und Burgerl Augen lachten wie der liebe Sonnenschein in des Königs einsames Herz hinein.

„Sonnenscheinchen!" sagte er leise vor sich hin.

Als der Rundgang beendet war, geleitete der König die Kinder in eines seiner Wohnzimmer.

Dort schenkte er dem Burgerl ein goldenes Kettchen, an dem ein Medaillon hing. Das öffnete er und hielt es der Burgerl vor die Augen.

„Gefällt es dir besser wie das daheim in eurem Stübchen?" fragte er lächelnd.

Burgerl staunte entzückt das Bildchen an, welches in dem Medaillon angebracht war.

Es stellte den König im Krönungsornat vor.

„O mei liebes Herrgottel, ja, so schaust aus, das ist gar ein liebes Bilderl von dir, Herr König!" rief sie entzückt.

Der König legte ihr das Kettchen um den Hals.

„So behalt' es zum Andenken, Burgerl, ich schenke es dir!", sagte der König.

Burgerl drückte das Medaillon an ihre Brust und küsste dem König die Hand.

„Ach, du bist so gar viel gut und lieb! Das schöne Bilderl, nun kann i dös anschauen, so oft i mag. I dank dir viel tausendmal!"

Sie hatte in ihrer kindlichen Unerfahrenheit keine Ahnung, wie kostbar das Geschenk war, das sie erhalten hatte.

König Ludwig war allzeit sehr großmütig und freigebig.

Und in diesem Fall wollte er die empfangene Liebe und Gastfreundschaft im Forsthaus vergelten. Er tat es in wahrhaft königlicher Weise.

Auch Sepperl sollte nicht leer ausgehen. Freundlich lächelnd reichte ihm der König eine Taschenuhr.

„Da, Sepperl, sollst auch eine Uhr haben, damit du nicht zu warten brauchst auf die, welche dir dein Vater vererben will. Geh aber sorgsam damit um, damit Du sie nicht entzwei macht!" sagte er.

Sepperl blieb fast der Verstand stehen vor Freude, und ehe es der König hindern konnte, schlug er einen Purzelbaum über den Teppich.

Und in Übermaß der Freude fielen sich die beiden Kinder lachend und weinend in die Arme.

„Gelt, Sepperl, so ein Tag wie heut', da weiß einer net, was er tun soll!", schluchzte Burgerl, verständnisvoll über Sepperls Purzelbaum quittierend. Und dankten die Kinder dem König immer wieder.

Er wehrte ab.

„Lasst es gut sein. Ihr habt mir frohe Stunden bereitet, so musste ich euch auch eine Freude machen. Und nun müsst ihr wieder heimfahren, damit ihr noch vor Abend im Forsthaus seid", sagte er, und einen Diener herbeirufend, gab er ihm leise einen Befehl. Dann verabschiedete er sich von den Kindern.

„Auf Wiederseh 'n, Burgerl!", rief er dem kleinen Mädchen zu.

Da jauchzte Burgel auf:

„Du kommst wieder mal ins Försterhäusel, gelt, du kommst wieder?"

Der König nickte stumm und verschwand.

Der Diener überreichte draußen den Kindern auf des Königs Befehl noch drei große Zuckertüten. Eine davon sollte dem Tonerl gehören.

Unten vor dem Schlosstor hielt schon wieder der Wagen.

Sepperl legte aber nur seine Zuckertüte neben Burgerl auf das Wagenpolster.

„Gib fein drauf Acht, Burgerl, i muss zu meinem Vaterl auf den Bock klettern und ihm alles erzählen. Weißt, meine Uhr, die muss i ihm doch gleich zeigen. Nachher, da komm i wieder zu Dir!"

So geschah es denn auch. Burgerl fuhr wie eine kleine Prinzessin inmitten der drei Zuckertüten in dem königlichen Wagen und öffnete ihr Medaillon, um das Bild des Königs wieder und wieder zu betrachten.

Und Sepperl hatte nun die Sprache mit einem Mal wiedergefunden und erzählte dem Vater kunterbunt durcheinander, was er und Burgerl im Schloss erlebt hatten.

Als er mit seinem Bericht zu Ende war, musste der Vater die Kutsche anhalten, und Sepperl kletterte zum Burgerl in den Wagen.

Da saßen sie nun beieinander und besprachen aufgeregt noch einmal die ganze Herrlichkeit.

Sepperl hielt Burgerl seine lustig tickende Uhr an die Ohren, und Burgerl zeigte ihm wieder und wieder das Bildnis des Königs in ihrem Medaillon.

Auch die Zuckertüten wurden auf ihren Inhalt geprüft und des ganzen märchenhaften Tages für würdig befunden. Solche gute Leckereien hatten sie bisher noch nicht einmal gesehen, viel weniger besessen!

Daheim angelangt, gab es einen neuen Sturm des Entzückens. Burgerl und Sepperl erzählten bunt durcheinander, eines unterbrachte immer das andere, eines wusste immer mehr als das andere.

Es dauerte sehr lange, bis der Förster und die Försterin sich ein klares Bild von den Geschehnissen machen konnten. Die Freude war groß im Försterhäuschen. Ein Glanz lag auf allen Gesichtern.

Die Försterin war nun arg stolz, dass der König selbst in höchsteigener Person in ihrem Giebelstübchen logiert und an ihrem Tisch gesessen hatte. Sorglich packte sie gleich das Gerät, das er benutzt hatte, in ein Extrafach im Schrank. Das sollte zum Andenken für Kind und Kindeskinder aufbewahrt werden.

Natürlich wurden auch Burgerls Kettlein mit dem Medaillon und Sepperls Uhr sorgsam verwahrt. Solch kostbares Geschmeide durfte nur an hohen Festtagen angelegt werden.

Es dauerte heute sehr lange, bis im Forsthaus Ruhe wurde. Die Kinder waren zu aufgeregt und mussten immer wieder erzählen und berichten.

6. Kapitel

Erziehungspläne

Nur wenige Tage waren vergangen, da kam der König abermals ins Forsthaus.

Es war wieder um die Zeit, da die Sonne im Sinken war. Aber diesmal hatte sich der König seinen Wagen mit dem Kutscher Heinrich Ronacher für die Heimkehr am Abend bestellt.

Auch jetzt trat er wieder in schlichten Kleidern vor die Försters Leute, die um den Tisch vor dem Haus saßen.

Ehrfurchtsvoll sprangen alle auf, als der König erschien. Nun sie wussten wer er war, hatten sie ihre Unbefangenheit verloren.

Nur Burgerl war die alte geblieben. Jauchzend sprang sie dem König entgegen und küsste seine Hand. Und so glückselig, dass es des Königs Herz bewegte, rief sie:

„Ah, du bist wieder g'kommen, lieber, guter Herr König, bist endlich wieder da! Wie gut, wie gut, i freu mich arg, dass du wieder da bist!"

Der König strich ihr lächelnd über das Haar und trat mit ihr zu ihren Eltern heran.

„Lasst euch nicht stören, liebe Leute, und gönnt mir, wie neulich, ein Plätzchen an Eurem Herd. Aber ohne Umstände, ich bitte darum. Nicht der König kommt zu euch, nur der wegmüde Wanderer. Wollt ihr mir eine Wohltat erweisen, so lasst mich hier vergessen, dass ich

König bin. In eurem Haus habe ich neulich Ruhe und Frieden gefunden, lasst mich zuweilen bei euch ausruhen, ich will es euch danken!"

So sagt der König schlicht und herzlich.

Die Försters Leute schwiegen eine Weile, in Ehrfurcht erstarrt. Aber dann nahm die Försterin entschlossen das Wort.

„No alsdann", sagte sie treuherzig mit bebender Stimme, „wenn unser lieber Herr König, na i wollt sagen, wenn Eure Majestät fürliebnehmen wollen, gleich richt' i dös Nachtmahl, von Herzen is g'geben, i bitt gar schön!"

Burgerl schleppte schon einen Stuhl herbei mit einem Kissen darauf.

„Komm, setz dich nieder, Herr König, i hab' dir ein Kissen mitg'bracht, weil du doch lauter weiche Stühl' in deinem Schloss hast, weißt, damit du gut ruhen kannst. Gelt, du bist den weiten Weg g'laufen?", plauderte das Burgerl und machte dem König einen behaglichen Sitz zurecht.

„Aber Burgerl", rief der Vater mahnend, „du musst net so daherreden. Darfst net „du" sagen zu unserem gnädigen Herrn König. Eure Majestät verzeihen dem Burgerl gütigst, is halt nur ein dummes, kleines Ding und weiß net, wie man eine erlauchte Majestät anreden muss!"

„Aber Vaterl", rief Burgerl erregt, „i sag' doch zu unserem lieben Herrgott auch du, und der liebe Herr König hat's mir doch erlaubt. Gelt, Herr König, ich darf dich „du" nennen?"

„Ja, Burgerl, das darfst du gewiss", sagte der König lächelnd, und zum Förster gewandt, fuhr er fort: „Plagt nicht euch und mich mit Titulaturen, lieber Förster, lasst alles sein wie neulich. Nur wenn ihr mich ohne Zwang und Bedenken aufnehmt, kann ich wiederkommen. Gönnt mir das Ruheplätzchen an eurem Herd, wo ich ein Weilchen die Welt da draußen vergessen will!"

Da blieb denn alles beim Alten. Der König aß wieder die kräftige Kräutersuppe mit und ließ sich von Burgerl Kartoffeln schälen.

Und wenn Burgerl in ihrer drolligen Art Betrachtungen darüber anstellte, dass er in seinem vornehmen Schloss gar so arg viele gute Sachen zu Mittag essen müsse und dass dabei eine Menge Geschirr gebraucht würde, da lachte der König oft herzlich darüber. Und jedes Lachen buchte er getreu unter die Dankesschuld, die er dem Burgerl noch begleichen wollte.

Burgerl war noch voll der neuen Eindrücke aus dem Schloss und kam immer wieder darauf zurück.

Der König staunte, wie genau sich jede Kleinigkeit ihrem kindlichen Sinn der neuen Eindrücke aus dem Schloss und kam immer wieder darauf zurück.

Und der König staunte, wie genau sich jede Kleinigkeit ihrem kindlichen Sinn eingeprägt hatte. Jedes Zimmer konnte sie noch beschreiben, die Farbe der Teppiche und Portieren, der Möbelbezüge und Livreen.

Und am Prachtgewand des Königs wusste sie jede Kleinigkeit bis auf die Schuhschnallen genau anzugeben.

Natürlich fand sie für vieles nicht die richtige Benennung. Da machte sie sich ihre Worte selbst, und es kamen oft die drolligsten Bezeichnungen zutage.

Schnell vergingen dem König wieder ein paar Stunden, und als der Wagen vorfuhr, der ihn heimbringen sollte, schied er nur ungern. Aber er versprach baldige Wiederkehr.

Sehr oft kam der König in Zukunft nach dem Forsthaus. Burgerls herzfroher Jubel bei seinem Erscheinen machte ihm immer das Herz warm.

Immer fester stand es bei ihm, dass er Burgerls Zukunft licht und schön gestalten wollte. Sie wurde ihm täglich lieber. Er nannte sie seinen Sorgenbrecher, sein Sonnenscheinchen und Waldvöglein. Manche Stunde verplauderte er mit ihr allein, wenn der Förster nicht daheim war und die Försterin im Haus zu tun hatte.

Auch den Förster mochte der König sehr gern. Dessen treuherzige, kernig-biedere Art, die ganz ohne Falsch war, gefiel ihm. In Zukunft ließ sich Ludwig zuweilen auf seinen Streifzügen durch die Berge vom Förster Malwinger begleiten.

Solange der König in Hohenschwangau blieb, war er ein häufiger Gast im Forsthaus.

Aber dann wurde doch seine Anwesenheit in München wieder notwendig. Die Regierungsgeschäfte und Repräsentationspflichten hatten sich angehäuft.

Schweren Herzens entschloss er sich, auf einige Zeit nach München zurückzukehren.

Noch ein letztes Mal war er zum Forsthaus hinausgepilgert, um sich zu verabschieden und endlich mit den Försters Leuten über Burgerls Zukunft zu sprechen.

Bisher hatte er es immer hinausgeschoben. Erstens verlangte er immer zu sehr nach Burgerls Gesellschaft, als dass er sich hätte entschließen können, das Kind aus dem Forsthaus zu entfernen. Dies war aber nötig, wenn Burgerl eine gute Erziehung und Schulbildung erhalten sollte.

Zweitens aber hatte sich der König gesagt, dass er sich erst darüber klar sein müsse, in welcher Weise er in

Burgerls Leben eingreifen wollte, um es so zu gestalten, wie er es im Sinne hatte.

Dass Burgerl ein ungewöhnlich kluges und begabtes Kind war, hatte er bald herausgefunden. Auch dass ein reiches Seelenleben und ein tiefes Gemüt in dem Kind schlummerten, wusste er.

Er dachte oft darüber nach, was für eine liebliche und anmutige Blüte sich aus der Knospe entfalten würde, wenn sie in die rechten Hände kam. Burgerl war ihm zu lieb geworden, als dass er leichthin über sie bestimmt hätte.

So hatte er sich im Stillen umgesehen, wo und wie Burgerl untergebracht werden sollte, wenn sie aus dem Forsthaus entfernt werden musste. Heute nun, bei seinem letzten Aufenthalt für lange Zeit, wollte er Burgerls Eltern mit seinem Plane vertraut machen.

So hatte er eine lange und ernste Unterredung mit ihnen. Er sagte ihnen, dass es ihm Herzensbedürfnis sei, Burgerls Zukunft licht und sorgenlos zu gestalten. Vor allem solle sie eine sehr sorgfältige und gute Ausbildung erhalten.

Hier im Wald sei es mit der Schulbildung beschwerlich, im Winter müsse wegen der verschneiten Wege oft genug der Schulbesuch ganz ausfallen, und es sei doch schade um Burgerls Fähigkeiten. Deshalb habe er sich gedacht, dass Burgerl nach München in ein ihm als besonders vorzüglich bekanntes Pensionat kommen solle, wo sie alles lernen könne, was ihr nottue, und wo sie zugleich liebevolle Aufnahme finden würde. Alle entstehenden Kosten trage er natürlich, Burgerl sollte ganz und gar auf seine Kosten erzogen werden.

Im Übrigen sollte des Försters Gehalt erhöht werden, damit der König die Gastfreundschaft auch ferner annehmen könne, ohne fürchten zu müssen, dass die braven Leute sich seinetwegen Unkosten auferlegen müssten.

Auch über Sepperl hatte der König in seiner Großmut und Güte allerlei beschlossen.

Sepperl sollte ins Schloss zu seinem Vater kommen, damit dieser nicht allein in seiner Kutscherwohnung hausen müsse wie bisher. Damit er weibliche Fürsorge nicht entbehre, habe sie die Frau eines Hofgärtners erklärt, ihn in Abwesenheit des Vaters unter ihr Aussicht zu nehmen.

Der König wollte Sepperl später in seinen persönlichen Dienst nehmen, und deshalb sei es gut, wenn er sich an höfische Sitten und Gebräuche schon jetzt gewöhne.

Sepperl sei anstellig und ihm sehr sympathisch, und er liebe es, sich mit sympathischen Menschen zu umgeben.

Diese Eröffnungen machte der König den Försters Leuten.

Sie waren teils beglückt, teils beklommen. Wohl sahen sie ein, dass es der König herzlich gut mit ihnen meine und dass sie dem Glück ihres Kindes nicht entgegenstehen durften.

Aber dass sie ihren lieben lustigen Wildfang fortgeben mussten nach München, das war ihnen ein schmerzlicher Gedanke.

Aber welcher Vater und welche Mutter brächten nicht freudig jedes Opfer, wenn es das Wohl Ihrer Kinder gilt.

Sie trösteten sich mit dem Gedanken, dass sie ihr Burgerl doch wenigstens in den Ferien bei sich haben durften.

Und das versprach ihnen der König fest.

So gaben sie ihre Einwilligung und dankten ihm für seine große Güte.

Nun wurde Burgerl herbeigerufen. Sie hatte draußen mit Sepperl, Tonerl und dem Schnauzerl herumgetollt und kam mit glühenden Wangen und strahlenden Augen herbei.

Der König selbst sagte ihr nun in seiner milden, freundlichen Weise, was er mit den Eltern über sie beschlossen habe.

Burgerl erschrak erst bis in ihr tiefstes Herz hinein. Fort sollte sie von Vater und Mutter, von Sepperl und Tonerl? Den geliebten Wald und das traute Försterhäusel sollte sie verlassen?

Sie schluckte aber tapfer die aufsteigenden Tränen hinunter und sah voll gläubigen Vertrauens in des Königs Gesicht.

„Nun, Burgerl, was sagst du zu alledem?", fragte er, nachdem er ihr eine Weile Zeit gelassen hatte, sich zu fassen. Er hatte wohl gesehen, dass sie vor Schreck ganz blass geworden war.

Burgerl tat einen tiefen Atemzug, und ihn mit feucht schimmernden Augen anblickend, sagte sie leise:

„Wenn du es so haben willst, lieber, guter König, dann wird's schon recht sein. Und Vaterl und Mutterl wollen auch nur Gutes für mich. Alsdann wird's schon sein müssen. Was der König befiehlt, dös muss g'schehen, sagt mei' Vaterl immer!"

„Nein, Burgerl, befehlen will ich dir in diesem Fall nichts. Nur dein Bestes wünschen wir, das wirst du erst später einsehen. Sieh', ich hab' dich herzlich lieb, wie deine Eltern dich auch liebhaben. Du bist mein kleiner, lieber Sonnenschein, mein fröhliches Waldvöglein; ich will, dass du immer in Licht und Sonne leben sollst, dass keine schweren Sorgen und Mühen dich drücken sollen. Was in Menschenmacht steht, will ich tun, dein Leben froh und leicht machen. Aber gern musst du tun, was wir zu deinem eigenen Wohl von dir verlangen. Nicht zwingen wollen wir dich, hörst du?"

Burgerl küsste aufatmend seine Hand. „Weißt, i versteh' net alles, was du meinst, aber i weiß, dass du lieb und gut bist. Und wenn i dir a wengerl Freud' machen kann, nachher wird mir gar nix schwer. Dös kannst mir schon glauben."

Er streichelte lächelnd über das goldige Köpfchen.

„So ist's recht, Sonnenschein. Bist ein tapferes Mädchen. Und nicht wahr, du wirst brav und fleißig sein und lernen?"

Burgerl nickte.

„Dös will i g'wiss. Aber weißt, a wengerl lässt mich noch daheim, ja? Nur dass i mich erst d'ran g'wöhnen tu an den Gedanken, dass i fortmuss!"

„Ja, Burgerl, ein paar Wochen bleibst du noch daheim, solange es warm und schön im Wald ist. Den ganzen September hast du noch vor dir. Im Oktober aber kommst du dann nach München. Dort wird es dir schon gefallen, sollst es guthaben, dafür lass mich sorgen. Und Weihnachten kommst du dann, wie in allen anderen Ferien, heim."

Das war Burgerl schon ein großer Trost. Sie gab sich schnell zufrieden und ließ nicht lange das Köpfchen hängen, zumal ihr der König noch versprach, dass er immer in den Ferien im Forsthaus vorsprechen wollte, wenn sie daheim war.

Befriedigt verlies der König dann das Forsthaus. Am nächsten Tag reiste er nach München zurück.

7. Kapitel

Im Pensionnat

Das Erziehungsinstitut von Frau Dr. Moritz, der Witwe eines Schuldirektors, befand sich in einer schönen, vornehmen Straße Münchens.

Es war ein hübsches, dreistöckiges Gebäude, mit einem kleineren Vorgarten und einem großen Garten hinter dem Hause. Von diesem großen Garten war der größte Teil abgegrenzt als Turn- und Spielplatz für die Zöglinge.

Im Parterre und dem ersten Stock befanden sich die Schulklassen, in denen nicht nur die Pensionärinnen, die im Hause wohnten, sondern auch noch Töchter aus vornehmen Münchner Familien unterrichtet wurden.

Frau Dr. Moritz leitete zugleich die Schule und das Pensionat.

Die Wohnräume und Schlafzimmer für die Pensionärinnen, sowie die Wohnung der Frau Dr. Moritz, die ihre alte Mutter noch bei sich hatte, befanden sich im zweiten Stockwerk.

Im dritten Stockwerk lagen die Wirtschaftsräume, die große Küche, sowie einige Zimmer für die teilweise im Hause wohnenden Lehrerinnen, die sich auch außer der Schulzeit um die Pensionärinnen kümmern und die Aufsicht führen mussten.

Mit wenig Ausnahmen wurden Schule und Pensionat der Frau Dr. Moritz nur von Töchtern aus adligen

Familien besucht. Die im Hause wohnenden Pensionä-rinnen waren meist aus Gutsbesitzers-Familien der Umgegend.

Nur wenig bürgerliche Kinder hatten in diesem Institut Aufnahme gefunden. Diese hatten sehr reiche Eltern, die sich den Luxus erlauben konnten, einen hohen Pensionspreis zu zahlen.

Und in diesem vornehmen Institut sollte nun Walpurga Malwinger, des Försters Burgerl, auf Wunsch des Königs Aufnahme finden.

Frau Dr. Moritz hätte es nicht gewagt, eines armen Försters Kind in die Reihe ihrer vornehmen und reichen Zöglinge aufzunehmen, wenn nicht eben des Königs Wille es so bestimmte.

Frau Dr. Moritz war eine kluge und gütige Frau. Sie verhehlte nicht, dass das kleine Förstertöchterchen zwischen den anderen Zöglingen einen schweren Stand haben würde.

Aber sie wusste auch, wie mächtig des Königs Wille war. Und sie beschloss, sich des Königs Schützling besonders anzunehmen.

Der Förster Malwinger brachte sein Töchterchen, nachdem es innigen Abschied von den Lieben daheim genommen hatte, selbst nach München. Es war in den ersten Oktobertagen, und die Sonne schien noch hell und freundlich.

Auf der Fahrt hatte Burgerl allerhand Neues zu sehen. Das half ihr über den ersten Trennungsschmerz ein wenig hinweg. Und noch war ja der Vater bei ihr.

Als Vater und Tochter nach einigem Zögern das stattliche Haus der Frau Dr. Moritz betraten, lag der große Hausflur still und leer vor ihnen.

Die Ferien waren eben erst zu Ende, und morgen sollte die Schule wieder beginnen. Die Pensionärinnen waren zwar schon wieder von daheim eingetroffen, aber sie befanden sich oben im zweiten Stockwerk und bereiteten sich auf den neu beginnenden Unterricht vor.

Der Schuldiener kam sofort aus seinem Pförtnerstübchen heraus, und gerade, als er die Ankommenden nach ihrem Begehr fragte, kamen durch die Hintertür aus dem Garten zwei etwa zehnjährige Mädchen und schritten durch den Hausflur die Treppe hinauf.

Als sie Burgerl und ihren Vater erblickten, zögerten sie eine Weile, weiterzugehen. Das kleine Mädchen in der bäuerischen Tracht schien sie zu amüsieren. Sie stießen einander verstohlen an und kicherten.

Burgerl trug ihr Sonntagsgewand. Das blütenweiße Hemd sah lieb aus dem schwarzen Samtmieder heraus. Um das schlanke, gebräunte Hälschen hatte ihr die Försterin die Kette mit dem Medaillon des Königs gelegt; Burgerl hatte sich nicht davon trennen mögen.

Freilich, die plumpen schweren Nagelschuhe sahen drollig aus an den kleinen Füßen, und dass Burgerl ihre Habseligkeiten in einem bunten Tuch als Bündel bei sich trug, war nach städtischen Begriffen durchaus nicht elegant.

Burgerl wusste das aber nicht. Sie fühlte instinktiv, dass die beiden städtisch gekleideten Mädchen mit dem eleganten Schuhzeug und den hochmütigen Gesichtern sich über sie lustig machten.

Beklommen sah sie hinter ihnen her und seufzte ein wenig.

Der Schuldiener hatte inzwischen den Förster und seine Tochter bei Frau Dr. Moritz angemeldet.

Diese kam jetzt die Treppe herunter, und bei den kichernden Mädchen stehen bleibend, sprach sie einige leise, strenge Worte mit ihnen, weil sie gleich merkte, dass sie über Burgerl ausspotteten. Sie schickte sie hinauf in ihre Zimmer.

Darauf verschwanden die Mädchen, aber gleich darauf erschienen ihre Köpfe neben vielen anderen mit neugierigem Ausdruck oben über dem Treppengeländer. Sie hatten oben erzählt, dass ein Bauernmädel im Hause sei, das sehr komisch aussehe.

Burgerl sah all die spöttischen Gesichter über dem Treppengeländer, und ihr Herz wurde sehr schwer. Aber sie presste die Lippen fest aufeinander und sagte nichts, trotzdem sie fühlte, dass sie die gute Dame, die mit dem Vater sprach, nur hätte auf die Mädchen aufmerksam zu machen brauchen, um sie zu verscheuchen.

Frau Dr. Moritz sah mit ihren klugen, gütigen Augen in Burgerls hübsches, frisches Gesicht.

Burgerl war zumute, als müssten diese Augen bis auf den Grund ihrer Seele blicken.

Nun reichte die Dame dem Förster freundlich die Hand. „Grüß Gott, Herr Förster. Ihre Ankunft ist mir schon gemeldet worden!", sagte sie lachend.

Der Förster hatte steif und gezwungen dagestanden. Bei den freundlichen Worten belebte sich sein Gesicht.

Die Direktorin gefiel ihm gut, zu ihr konnte er gleich Vertrauen fassen, und bei ihr war Burgerl sicher gut aufgehoben.

„Grüß Gott auch, Frau Doktor und da bring' i mei Burgerl, wie es Seine Majestät befohlen hat. I bitt' schön, nehmen Sie das Kind freundlich auf!", sagte er.

Frau Dr. Moritz neigte sich zu Burgerl herab und reichte auch ihr die Hand.

„Willkommen, Walpurga!“, sagte Frau Dr. Moritz.

„Willkommen in meinem Hause, Walpurga Malwinger!", sagte sie herzlich.

Burgerl musste sich erst ein wenig besinnen, dass sie selbst es war, die so hieß. Aber dann legte sie schnell ihre Hand in die der freundlichen Dame und sagte tapfer: „Grüß Gott, liebe Frau!"

Ein Lächeln flog über das Gesicht der Schulvorsteherin.

Oben aber, über dem Treppengeländer, kicherte es durcheinander. Als aber Frau Doktor emporsah, verschwanden blitzschnell all die spöttischen Mädchengesichter.

Die Schulvorsteherin öffnete nun ihr Amtszimmer, das gleich neben dem Pförtnerstübchen lag, und bat den Förster und Burgerl, einzutreten.

Burgerl sah sich erstaunt in dem Zimmer um.

„O mei, schau nur die vielen Bücher an, Vater – die ganzen Wänd' voll Bücher!", stieß sie atemlos hervor.

„Kannst du schon lesen, Walpurga?", fragte die Schulvorsteherin freundlich.

Burgerl nickte.

„Ja, dös kann i, a wengerl freili nur; weißt, es geht noch a bisserl langsam!", antwortete sie zaghaft.

Frau Doktor reichte ihr ein aufgeschlagenes Buch.

„Nun, so lies mir einmal vor, was hier auf dieser Seite steht!"

Burgerl nahm das Buch, nachdem sie ihr Bündelchen auf einen Stuhl gelegt hatte, und las langsam, aber ohne Stocken eine Fabel vor.

Es klang lieb und drollig, wie sie, ihren Dialekt bezwingend, das Deutsch hervorbrachte.

Frau Dr. Moritz hätte am liebsten das niedliche, herzige Persönchen in ihre Arme genommen und geküsst.

Sie war sehr warmherzig. Aber natürlich musste sie sich als Schulvorsteherin bezwingen und ganz amtlich auftreten.

Nach einer Weile nahm sie Burgerl das Buch wieder fort.

„Nun sieh mal, das geht ja ganz leidlich. Jetzt wollen wir ein wenig rechnen, und dann schreibst du mir einmal deinen Namen auf, damit ich sehe, wie du schreiben kannst!"

Mit dem Schreiben ging es am schlechtesten. Burgerls unruhige Finger konnten sich schlecht dazu bequemen, langsam und stetig die Feder zu führen.

Und bisher hatte der schöne, liebe Wald zu viel gelockt. Da war Burgerl immer viel lieber draußen herumgetollt, als still hinter dem Schreibheft zu sitzen.

„Gelt, liebe Frau, schaut net gut aus, dös G'schreibsel. Aber i will mir schon Mühe geben, damit der liebe, gute König a wengerl Freud an mir hat. Gelt, du tust es mir lernen, wie einer schön schreibt?", sagte die Burgerl, als die Vorsteherin ihre Schrift betrachtete.

Diese musste lachen.

„Wenn du guten Willen hast, Walpurga, dann lernst du alles!"

Im Ganzen fiel die Prüfung nicht so schlecht aus, wie Frau Dr. Moritz gefürchtet hatte.

Sie sagte dem Förster, dass sie es wagen wollte, Walpurga ihrem Alter entsprechend in die Klasse einzureihen. Da diese Klasse erst seit Ostern mit fremdsprachlichem Unterricht begonnen hatte, hoffte sie, dass ihre neue Schülerin sich einrichten würde.

Der Förster war froh darüber und gab bereitwillig noch über alles Auskunft, was die Vorsteherin interessierte. Auf ihren Wunsch erzählte er ihr auch ausführlich, wie es gekommen war, dass der König für Burgerl eine so große Vorliebe gefasst hatte.

Frau Doktor teilte dann dem Förster mit, dass der König ihr habe Geld anweisen lassen, nicht nur den Betrag für die Pension, sondern auch für Bücher, Kleider und sonstige Bedürfnisse seines Schützlings. Darum brauche sich der Förster gar nicht zu kümmern, sie werde alles, was nötig sei, für Walpurga anschaffen und dem König Rechnung darüber ablegen.

Auch dass der König bestimmt habe, Walpurga solle eine sehr sorgfältige Erziehung genießen, erzählte sie dem Förster, und versicherte ihm, dass sie alles tun werde, Seine Majestät zufriedenzustellen.

Und ganz ruhig und unbesorgt möge der Förster wieder heimkehren zu seiner Frau und ihr melden, dass ihr Töchterchen in treuer, guter Hut sei. Nicht nur, weil des Königs Auftrag ein gutes Geschäft für sie bedeute, sondern weil ihr die kleine Walpurga schon jetzt sehr lieb sei und es ihr nicht schwerfallen werde, das Kind immer lieber zu gewinnen.

Solche Worte nahmen dem Förster eine große Last von der Seele. Er bedankte sich herzlich. Und dann musste Frau Doktor sagen, wann die Weihnachtsferien und die anderen Ferien begannen. Denn Burgerl und ihre Eltern freuten sich schon jetzt auf diese Ferien.

Dann kam der Abschied.

Der Förster ließ sich keine Schwäche merken, und auch Burgerl war tapfer und gefasst. Ihr Gesichtchen wurde zwar ein wenig blass, und die großen, blauen Augen bekamen einen feuchten Schimmer, aber sie dachte bei sich:

„Der gute König hat es gewollt und es wird ihm Freude machen, wenn ich tapfer bleibe."

Sie drückte das Medaillon, ihr kostbarstes Besitztum, an ihr Herz und nickte dem Vater lächelnd zu.

„B'hüt Gott, Vater, und tu die Mutter und das Tonerl und den Sepperl schön grüßen!" sagte sie noch.

Der Vater nickte, küsste sein Kind noch einmal auf die Stirn, schüttelte der Frau Doktor die Hand, dass diese kaum einen leisen Schmerzensschrei unterdrücken konnte, und ging dann schnell hinaus.

8. Kapitel

Wie Burgerl aufgenommen wurde

Als der Vater gegangen war, sah Burgerl einen Augenblick fassungslos nach der Tür.

Da nahm sie aber auch schon Frau Doktor an der Hand.

„Komm, Walpurga, nimm deine Sachen, ich will dich hinaufführen!", sagte sie gütig.

Walpurga fasste nach ihrem Bündelchen und schritt neben ihr die Treppe hinauf.

Auf dem breiten Korridor im zweiten Stock schwirrten eine Anzahl junger Mädchen herum, im Alter zwischen acht und fünfzehn Jahren, und schienen sich über irgendetwas zu belustigen.

Eine von ihnen hatte eben in spöttischer Weise Burgerls Ankunft glossiert.

Als nun die Vorsteherin mit Burgerl an der Hand erschien, blieben alle wie auf Kommando stehen. Neugierig und spöttisch sahen sie auf das kleine Bauernmädel mit dem Wäschebündel am Arm.

Burgerl fasste sich ein Herz, obwohl ihr unter den spöttischen Blicken recht beklommen zumute war, und sagte höflich und freundlich:

„Grüß Gott, Ihr lieben Kinderln"

Die Zöglinge kicherten und stießen einander an, ohne den Gruß zu erwidern, und starrten Burgerl spöttisch an.

Frau Dr. Moritz ließ ihren Blick mahnend über die Mädchenschar dahingleiten.

„Nun, habt ihr nicht gehört, dass ihr gegrüßt worden seid?", fragte sie ruhig.

Da machten einige beschämte Gesichter, andere sahen hochmütig und trotzig drein. Aber schließlich erwiderten sie doch alle zögernd Burgerls Gruß.

„Begebt euch alle in das Arbeitszimmer, ich habe mit euch zu reden!", sagte nun Frau Doktor kurz und bestimmt.

Da betraten sie einen großen, hellen Raum, in dem alle im Haus wohnenden Kinder ihre Schulaufgaben unter Aufsicht einer Lehrerin machen mussten.

Es standen einige lange Tafeln mit verschiedenen hohen Sitzen davor in diesem Raume, damit zugleich größere und kleinere Mädchen daran arbeiten konnten. Jede hatte hier ihren bestimmten Platz wie in einer Schulklasse.

In diesem Zimmer stellte Frau Dr. Moritz den neuen Zögling in aller Form vor.

„Ihr seht hier eine neue Mitschülerin und Mitpensionärin vor euch. Sie heißt Walpurga Malwinger und ist die Tochter des Försters Malwinger", sagte sie laut und deutlich.

Und zu Walpurga gewendet, fuhr sie gütig fort:

„Nun will ich dir die Namen deiner Mitschülerinnen nennen, Walpurga. Bei der Ältesten werde ich anfangen und sie dir dem Alter nach nennen. Ich sage dir den vollen Namen einer jeden Pensionärin, du brauchst dir jedoch vorläufig nur die Vornamen zu merken."

Und die Mädchen nacheinander bezeichnend, sagte sie:

„Dorothea von Hohenstein; Baroness Franziska Hochberg; Johanna Kropphus; Ella von Schleiningen; Margarete von Hellborn; Baroness Magda Fuchs; Lene

Driebingen, Martha von Drallinger; Komtesse Fifi Hahnau."

Burgerl schwirrte der Kopf, und sie versuchte sich krampfhaft die Namen und die dazugehörigen Gesichter einzuprägen.

Dorothea von Hohenstein und Baroness Franziska Hochberg sahen schon fast erwachsen aus. Sie waren beide schon über fünfzehn Jahre alt, groß und schlank gewachsen und hatten beide dunkles Haar und dunkle, hochmütige Augen.

Johanna Kropphus und Ella von Schleiningen waren vierzehn Jahre alt. Johanna war ganz hellblond und hatte braune Augen, und Ella hatte rötliches Haar und graue Augen.

Dann kam Margarete von Hellborn, die dreizehn Jahre alt war, und die ein so liebes, sanftes Gesicht hatte und so freundliche blaue Augen, dass Burgerl immer wieder nach ihr hinschauen musste. Margarete hatte schöne, braune Hängezöpfe und war groß und schlank gewachsen.

Baroness Magda Fuchs und Lena Driebingen waren zwölf Jahre alt. Martha von Dollinger zehn Jahre und Komtesse Fifi Hahnau neun Jahre alt. Die letztere befand sich also in Walpurgas Alter, war aber viel kleiner und zierlicher als diese.

Mit dem besten Willen konnte sich Walpurga diese Namen nicht alle merken.

In ihrer kindlichen Unerfahrenheit machte es ihr gar keinen Eindruck, dass die meisten Mädchen aus adeliger Familie waren. Was wusste sie von Standesunterschieden!

Sie hätte sich nicht denken können, dass die meisten Mädchen hochmütig auf die schlichte Försterstochter herabblickten.

Hatte doch der König selbst lieb und gut mit ihr gesprochen und ohne Überhebung an ihres Vaters Tisch gesessen. Wie konnte sie da denken, dass sie diesen Mädchen zu gering erschien!

„'leicht mögen sie mich net, 'leicht g'fall i ihnen net!" dachte sie bekümmert und sah Hilfe flehend in Margarete von Hellborns freundliche Augen.

Bei jedem Namen, den ihr Frau Doktor nannte, hatte Walpurga dessen Trägerin freundlich zugenickt, und als nun die Vorstellung zu Ende war, sagte sie treuherzig:

„Gelt, ihr tut mir die Lieb' an und sagt mir am Anfang noch, wie ihr heißen tut, bis i mir eure Namen g'merkt hab'!"

Und lächelnd zur Vorsteherin aufblickend, fuhr sie fort:

„Weißt, liebe Frau, die da mit der weißen Haut und den braunen Zöpfen, die hat ein liebes G'schau, gelt die ist die beste von allen."

Wieder kicherte es hell von allen Seiten, und Margarete, auf die Walpurga bei ihren letzten Worten gezeigt hatte, bekam vor Verlegenheit einen roten Kopf.

Burgerl wusste nicht, weshalb die Mädchen lachten. Sie hatte ja stets das Herz auf der Zunge, und pflegte stets auszusprechen, was sie empfand.

Dass es damit nun ein Ende haben musste, dass sie in Zukunft erst vorsichtig erwägen musste, was sie sagen durfte oder nicht, das machte ihr nun Frau Dr. Moritz freundlich klar.

Sie sagte ihr auch, dass sie von ihr von nun an „Frau Doktor" genannt werden müsse, weil das die Höflichkeit erfordere.

Walpurga nickte freundlich.

„Is schon recht," Frau Doktor, sagte sie gelehrig, „i will mir dös merken. Also i darf jetzt nimmer sagen, wenn mir etwas gut 'gfallen tut, du magst dös net leiden, Frau Doktor?"

Die Vorsteherin hätte wieder am liebsten das ganze liebreizende Persönchen in ihre Arme genommen, obwohl sie sich sagte, dass es viel Mühe kosten würde, aus diesem naiven Naturkind eine wohlerzogene Dame zu machen.

Zart musste man dabei zu Werke gehen, damit nicht die guten, wahrhaften Triebe in Walpurgas Seele dabei verkümmerten.

Keine leichte Arbeit würde es sein, dieses schlichte, naive Kind aus dem Volk zwischen all den oft schon recht altklugen, weltgewandten, aber oft nicht aufrichtigen Aristokratenkindern auf den richtigen Platz zu stellen, dass ihre Seele nicht Schaden nahm und dass sie auch nicht zu sehr unterdrückt wurde.

Im Stillen musste sich aber Frau Dr. Moritz darüber wundern, dass die kleine Walpurga sofort mit sicherem Blick diejenige unter den Pensionärinnen herausgefunden hatte, die am gutherzigsten und liebenswertesten war.

Frau Doktor wandte sich wieder mit einem ernsten Gesichtsausdruck an die Pensionärinnen und sagte:

„Liebe Kinder, ihr wisst, dass es hier im Haus Sitte ist, dass ihr zwei und zwei ein Zimmer bewohnt. Ich habe immer ein älteres und ein jüngeres Mädchen zusammengegeben, damit die Älteren etwas auf die

Jüngeren achten. Wer von euch großen Mädchen bewohnt jetzt ein Zimmer allein? Ihr seid jetzt neun Pensionärinnen, fünf große und vier kleine, also wohnt eine große allein."

Eine Weile war es still. Dann trat Franziska hervor und sagte, bereits mit einem abwehrenden Blick in den Augen: „Ich wohne allein, Frau Doktor."

„So, also du, Franziska? Nun, wie ist es, willst du die kleine Walpurga als Zimmerkollegin aufnehmen?"

Die kleine Baronesse warf hochmütig den Kopf zurück.

„Es tut mir leid, Frau Doktor, aber — mit einer Försterstochter mag ich nicht zusammenwohnen. Meine Eltern stehen streng darauf, dass ich hier mit Standesgenossinnen zusammen bin. Sie würden es nicht erlauben, dass ich mit einem Bauernmädchen in einem Zimmer wohne."

Frau Dr. Moritz presste die Lippen zusammen. Sie kannte Ihre Pensionärinnen ganz genau und hatte schon im Voraus gewusst, dass es Schwierigkeiten machen würde, Walpurga unter ihre vornehmen Schülerinnen einzureihen. Aber des Königs Wille stand hinter ihr. Deshalb verlor sie den Mut nicht.

„Also du weigerst dich, Franziska? Nun, wie ist es dann mit dir, Dorothea?", fragte sie.

„Ich wohne doch schon mit Fifi zusammen, Frau Doktor!", erwiderte sie hastig, froh, dass sie nicht in Frage kommen konnte.

„Und ich habe Magda in meinem Zimmer!", rief Johanna vorschnell.

„Und ich Lena!", bemerkte Ella ebenso hastig.

Frau Doktors Gesicht rötete sich vor Ärger.

Walpurga sah beklommen von einer zur anderen. Sie verstand das allerdings nicht, merkte nur, dass sie niemand haben mochte. Flehend blickte sie in das Gesicht Margaretes. Diese bezwang ihre Verlegenheit und sagte:

„Wenn Franziska mit Martha zusammenziehen wollte, könnte ich ja Walpurga in mein Zimmer nehmen, Frau Doktor."

Frau Doktor atmete verstohlen auf. Sie war froh, keine Gewaltmittel anwenden zu müssen. Damit hätte sie Walpurgas Stellung noch mehr erschwert.

„Das ist brav von dir, Margarete, es macht deine Herzen Ehre, ich freue mich über dich", sagte sie warm.

Margarete von Hellborn war ein sehr zart fühlendes Kind. Sie errötete unter diesem Lob wieder jäh und schlug fast beschämt die Augen nieder. Frau Doktor war sehr zufrieden, dass sich diese Angelegenheit so geordnet hatte.

Margarete von Hellborn war eine Waise. Ihr Onkel und Vormund, die sie ihr übergeben hatte, war Junggeselle und kümmerte sich nicht mehr als nötig um sein Mündel. Er würde ihr keine Schwierigkeiten machen, während die Eltern der übrigen Pensionärinnen doch vielleicht protestiert hätten, dass ihre Töchter mit dem schlichten Försters Kind zusammen ein Zimmer bewohnten.

Dass Walpurga ein Schützling des Königs war und von ihm selbst gerade ihrem Institut überwiesen war, erwähnte die kluge Frau vorläufig mit Absicht noch nicht.

Das hob sie sich auf für eventuelle spätere Schwierigkeiten, denn sie wusste sehr wohl, was der Name des Königs auch bei den Hochmütigsten galt.

So wurde dann Walpurga zu ihrer großen Freude mit Margarete zusammengetan. Das Glück darüber strahlte aus ihren Augen, aber sie sagte nichts, weil sie sich die mahnenden Worte der Frau Doktor wohl gemerkt hatte, dass man nicht alles sagen dürfe, was man empfinde.

Frau Doktor entließ nun vorläufig die anderen Kinder, nachdem sie ihnen noch einige gute Lehren über Verträglichkeit und Freundlichkeit gegeben hatte, und bat Margarete, ihr die beiden im Haus wohnenden Lehrerinnen, Miss Warrens und Mademoiselle Leportier, herbeizurufen.

Miss Warrens, die englische, und Mademoiselle Leportier, die französische Lehrerin, versprachen ihrer Direktorin, Walpurga ihre besondere Fürsorge angedeihen zu lassen und darauf zu achten, dass die anderen Kinder sie nicht zu sehr unterdrückten.

Dann gab Frau Doktor dem Zimmermädchen noch Befehl, Margaretes Zimmer für Walpurga mitherzurichten und dafür Martha von Dollingers Sachen in Franziskas Zimmer zu schaffen.

So war Walpurga nun unter die Pensionärinnen eingereiht.

9. Kapitel

Ein neues Leben

Noch an demselben Tag ließ Frau Dr. Moritz neue städtische Kleider, Schuhe und andere Toilettengegenstände aus Münchner Geschäften kommen, und Walpurga wurde sofort neu eingekleidet.

Da schon am nächsten Tage die Schule begann, sollte sie nicht mit ihren Bauernröckchen in die Klasse gehen, damit sich nicht auch noch die anderen, nicht im Pensionat wohnenden Kinder über sie lustig machten.

Diese neuen Kleider erschienen Walpurga viel unbequemer, als ihre alten, aber sie musste sich natürlich darein fügen, sie zu tragen.

Das neue Schuhzeug gefiel ihr freilich besser. Es war so weich und leicht, und hing nicht so schwer wie die derben Nagelschuhe an den Füßchen, die bisher am liebsten barfuß durchs Leben gelaufen waren.

Als sie fertig vor dem Spiegel stand, lachte sie laut auf, so fremd kam sie sich vor. Mit einem leisen Seufzer packte sie dann ihr rotes Röckchen und all ihre sonstigen Habseligkeiten in ihre Kommode und in ihren Schrank.

Margarete, ihre Zimmergenossin, zeigte ihr, wo und wie sie alles unterbringen musste.

Da war Walpurga sehr dankbar und ihr kleines Herz von Liebe erfüllt für die sanfte, gutherzige Margarete.

„Weißt, Margaretl, i bin so arg froh, dass i bei dir sein darf. Du bist so viel tausendmal lieber als die anderen Kinder. I hätt' mir die Augen ausg'weint, wenn i zu der

Großen mit den schwarzen Augen hätt' gehen müssen. Warum is sie gar so bös g'wesen, dass i ein Försterkind bin? Is dös was Schlimmes? Dös hab i nimmer g'wusst!"

Margarete suchte zu trösten.

„Du musst gar nicht darauf hören, was die anderen sagen, Walpurga. Franziska ist sehr stolz und hochmütig. Daran kehre dich nur nicht. Es ist gewiss nichts Schlimmes, ein Försterkind zu sein. Dein Vater ist sicher ein braver Mann!"

Walpurga nickte energisch.

„Dös kannst schon glauben. Einen braveren gibt's halt net. Aber weißt, mögen tun mich die anderen alle net. Nur du bist gut zu mir!"

„Die anderen werden dich schon auch noch liebgewinnen, da sei nur ganz ruhig!", sagte Margarete.

„Du hast mich schon a wengerl lieb, gelt, Margaretl?", fragte Walpurga dringend und sah die neue Freundin bittend an.

Margarete nickte.

„Ja, ich hab' dich gern."

Das war ein Trost für Walpurga. Und dieser kleine Trost musste ihr über viele schwere Tage forthelfen.

Ach was stürmte in der ersten Zeit im Institut nicht alles auf das arme, kleine Mädchen ein.

Das ganze Leben, das sie bisher geführt hatte, musste sie vergessen, tausend lieb gewordene Gewohnheiten ablegen, und dafür so viel Neues lernen, dass sie nicht aus und ein fand.

Und wenn sie etwas verkehrt machte, wurde sie von den anderen verspottet und ausgelacht.

In Gegenwart der Frau Doktor und der Lehrer und Lehrerinnen wagten sie es freilich nicht, aber wenn sie mit Burgerl allein waren, dann quälten sie sie mit ihrem Spott.

Walpurga hätte sich ja nun bei Frau Doktor beschweren können, die immer lieb und gut zu ihr war und nie die Geduld mit ihr verlor. Aber es widerstrebte ihrem kleinen, ehrlichen Herzen, die Anklägerin zu spielen.

Sehr viel Pein schuf ihr auch im Anfang das viele Stillsitzen in der Schule.

Ja, es war eine schwere Zeit für sie, und wieder und wieder drückte sie das Medaillon mit dem Bildnis des Königs an ihr Herz und dachte:

„Wenn i net deinetwegen hierbleiben tät', lieber Herr König, um dir a wengerl Freud' zu machen, gleich lief i davon, bis in mei liebes Försterhäusl!"

Oft schlief sie des Abends unter Tränen ein, weil sie Heimweh hatte. Ganz still weinte sie in sich hinein, damit es Margarete nicht hören sollte.

Aber eines Abends hörte diese doch das unterdrückte Weinen, und gleich war sie aus dem Bett, lief zu Walpurgas Bett hinüber und beugte sich über sie.

„Was ist dir denn, Walpurga, weshalb weinst du so sehr?", fragte sie leise.

Da machte sich Walpurgas Kummer Luft, und sie beichtete Margarete, dass sie so großes Heimweh habe nach Vater und Mutter, nach Tonerl und Sepperl.

Margarete setzte sich auf ihren Bettrand, trocknete ihr liebevoll die Tränen und sagte dann leise:

„Ach, Walpurga, wie kannst du weinen? Du hast doch deine Eltern noch und all deine Lieben. Und immer kannst du sie wiedersehen in den Ferien. Sieh', was soll ich da tun? Ich müsste mir ja die Augen ausweinen, denn meine Eltern sind beide tot, ich sehe sie niemals wieder."

Da verstummte plötzlich Walpurgas Weinen. Erschrocken richtete sie sich auf und umfasste Margarete mit beiden Armen.

„O du armes, liebes Hascherl, dös hab' i gar net g'wusst, dass du keine Eltern mehr hast. Ach, wie schrecklich muss dir zumute sein! Und gar so lieb bist du zu mir und tust mich noch trösten, wo du doch selber so nötig hast, g'tröstet zu werden. Und i dummes Mäderl leg' mich daher und heul' und heul', wo ich doch mei Vaterl und mei Mutterl noch daheim hab' und sie immer wiedersehen kann. Nein, kein Tröpferl will i jetzt mehr weinen und immer nur d'ran denken, dass i die wiedersehen kann. Und dich, schau, dich will i noch viel tausendmal lieber haben, weil du gar so ein armes Hascherl bist!"

Innig küssten sich die beiden Kinder, und ihre Freundschaft vertiefte sich sehr seit diesem Abend. Diese Freundschaft hielt denn auch für ein ganzes langes Leben aus.

Walpurga hielt Wort. Sie weinte nicht mehr und benahm sich sehr tapfer.

Dass sie in der Schule viel lernen musste, gefiel ihr, denn sie war fleißig und klug und überholte bald ihre Klassenschwestern.

Sehr schwer war es für sie, ihren Dialekt abzulegen und wie die anderen Schülerinnen Hochdeutsch zu sprechen. Immer wieder fiel sie, hauptsächlich in der Erregung, in ihren Dialekt zurück.

Die anderen beuteten das aus und verhöhnten und verspotteten sie deswegen und ahmten ihren Dialekt in übertriebener und hässlicher Weise nach, wie sie auch sonst ihre kleinen Fehler nach Kinderart verspotteten.

Sie reizten und kränkten Walpurga, wo sie nur konnten, nannten sie gehässig „Bauerndirn" oder „Försterburgerl" und äfften ihr nach, wie sie mit den schweren Schuhen und dem Sachenbündel im Institut erschienen war.

Burgerl war ein sehr lebhaftes Kind von raschem Temperament, und oft ging der helle Zorn mit ihr durch, und sie machte dann von ihren Fäusten energischen Gebrauch.

Dabei bekam sie freilich auch manchen Puff und Schlag zurück, aber das tat ihr nicht so weh wie die spitzen Redensarten.

Einmal kam aber unverhofft Frau Doktor dazu, als Walpurga gerade mit Baroness Magda Fuchs in leidenschaftlichem Handgemenge war.

Und da Walpurga die Stärkere und Gewandtere war, sah Magda recht arg mitgenommen aus, als sie Frau Doktor von Walpurga zurückriss.

Zum ersten Mal sah Frau Dr. Moritz ernst und streng auf die zornige Walpurga herab.

„Was hat es hier gegeben?", fragte sie.

Magda klagte nun, von den anderen unterstützt, Walpurga heftig an. Sie sei schrecklich streitsüchtig und schlage immer gleich los, wenn man einmal einen harmlosen Scherz mache. Walpurga sei gewöhnlich und unverträglich.

Walpurga ließ diese Anklage stumm über sich ergehen, ohne ein Wort zu ihrer Verteidigung zu sagen.

Sie war nur sehr blass und presste die Lippen fest aufeinander. Aber in ihren Blicken, mit denen sie ihre Anklägerinnen betrachtete, lagen Zorn und Verachtung.

Sie logen alle zusammen, keine sagte die Wahrheit.

„Nun, Walpurga, was hast du dazu zu sagen?", fragte Frau Doktor streng.

Walpurga sah zu ihr auf, und ihre Augen hefteten sich klar und ehrlich in die der Vorsteherin.

„Geschlagen habe ich zuerst", sagte sie fest. Sonst kein Wort weiter. Sie wollte sich nicht verteidigen, weil sie dann die anderen der Lüge zeihen musste. Und das widerstrebte ihr.

Da trat aber Ihre Freundin Margarete in ihrer artigen, bescheidenen Weise vor und sagte:

„Magda hat Walpurga gereizt, Frau Doktor. Sie hat gesagt, Walpurgas Vater sei ein dummer Bauer, und das hat sie sich nicht gefallen lassen. So ist der Streit gekommen. Ich war von Anfang an dabei und weiß es genau."

Frau Dr. Moritz nickte freundlich. „Es ist gut, Margarete."

Und zu den anderen gewandt, fuhr sie fort:

„Das klingt wesentlich anders. Zu eurer Ehre will ich annehmen, dass ihr in der Erregung nicht so genau auf das achtet, was ihr gesprochen habt. Ich will auch diesen Fall nicht näher untersuchen, sage euch aber ernstlich, vermeidet in Zukunft solche Szenen. Ihr seid keine Gassenjungen!"

Damit ging sie davon. Absichtlich vermied sie, sich noch mit Walpurga zu beschäftigen, damit es nicht wieder böses Blut gab.

Aber eine Stunde später ließ sie Walpurga zu sich holen in Ihr Zimmer. Und da sprach sie lange ernst und gütig mit ihr.

Sie setzte ihr auseinander, dass es unter den Menschen hoch und niedrig, reich und arm gäbe und dass in jedem Stand brave und schlechte Menschen zu finden wären.

Walpurga solle es sich nicht zu Herzen nehmen, wenn sie die anderen durch spöttische Worte und törische Selbstüberhebung kränkten. Sie solle nur immer daran denken, dass sie selbst ein guter, tüchtiger Mensch werden und ihrem königlichen Freund und Beschützer Ehre und Freude machen wolle.

Auf keinen Fall dürfe sie hier im Institut mit den Fäusten um sich schlagen. Wenn man ihr zu nahe trete, solle sie zu ihr kommen, dann werde ihr schon ihr Recht werden.

Es sei ja sehr schön von ihr, dass sie ihre Mitschülerinnen nicht verklagt habe, aber schlagen dürfe sie auch nicht. Jeder Mensch müsse lernen, seine Gefühle, ob gut oder böse, zu beherrschen.

Walpurga hatte still und aufmerksam zugehört und war sehr nachdenklich geworden.

Und sie versprach in ihrer schlichten, wahrhaften Art, dass sie alles beherzigen wolle, was ihr Frau Doktor gesagt habe. In Zukunft wolle sie gewiss nicht mehr heftig werden, wenn man sie kränke, denn um alles in der Welt möchte sie nicht, dass der König und auch Frau Doktor unzufrieden mit ihr seien.

Mit diesem Versprechen gab sich Frau Doktor zufrieden und entließ Walpurga wie immer freundlich und gütig.

Später, bei einer passenden Gelegenheit, nahm Frau Doktor sich aber auch die anderen, außer Margarete, vor und sagte ihnen, wie hässlich es sei, Walpurga fühlen zu lassen, dass sie einem anderen Stand angehöre. Es sei ein Zeichen wenig vornehmer Gesinnungsart, wenn sie sich über Walpurga erhaben dünkten, weil sie zufällig von adeligen und reichen Eltern abstammten.

Die Strafpredigt wurde nicht beherzigt. Die meisten Kinder nahmen sie sehr übel und murrten untereinander darüber.

Franziska und Dorothea erklärten, es sei eine Schmach, dass man sich eines Bauernmädels halber, die von Rechts wegen gar nicht in dies vornehmen Institut gehöre, abkanzeln lassen müsse.

Und sie wiegelten die anderen auf, dass sie sich, gleich ihnen, in den bevorstehenden Weihnachtsferien daheim bei ihren Eltern beschweren wollten, dass Frau Doktor ihnen zumute, mit einem Bauernmädel an einem Tisch, auf einer Schulbank zu sitzen und sich deren Gesellschaft gefallen zu lassen.

Franziska und Dorothea übten auf alle anderen einen großen Einfluss aus, und so wurde denn fest beschlossen, diesen Plan zur Ausführung zu bringen.

Dann würde Frau Doktor schon einsehen, dass diese Walpurga aus dem Institut entfernt werden müsse, wenn man zusammen energisch vorgehe.

Margarete erfuhr vorläufig nichts von diesem Plan. Man wusste, dass sie „unbegreiflicherweise" Walpurga immer in Schutz nahm und zu ihr hielt. Da sie keine Eltern hatte und in den Ferien nicht nach Hause ging, hätte es ohnedies keinen Zweck gehabt, sie mit aufzuwiegeln.

Margarete fühlte aber instinktiv aus halben Worten, hämischen Blicken und aus dem ganzen übrigen Verhalten der anderen heraus, dass sie etwas gegen Walpurga im Schilde führten.

Dafür war sie nun doppelt lieb und freundlich gegen Walpurga und bot ihren ganzen Einfluss auf, dass diese ihre kleinen Fehler und Ungeschicklichkeiten mehr und mehr ablegte.

Von Margarete ließ sich Walpurga auch willig alles sagen und hat sie noch herzlich, ihr ja nichts durchgehen zu lassen und alles zu rügen, was nicht recht an ihr sei.

Von ihr ließ sie sich willig Verhaltungsmaßregeln geben, denn sie wusste, dass es Margarete gut mit ihr meinte.

Auch war sie Margarete dankbar, wenn diese die darauf aufmerksam machte, sobald sie wieder in ihren Dialekt verfiel.

So vergingen die Wochen bis zu den Weihnachtsferien schneller, als Walpurga zu hoffen gewagt hatte.

Die Lehrer und Lehrerinnen waren alle sehr zufrieden mit ihr, ebenso Frau Dr. Moritz.

Nur ihre Mitschülerinnen machten ihr nach wie vor das Leben schwer, Margarete natürlich ausgenommen. Wo sie es nur unbemerkt tun konnten, höhnten sie hinter ihr er und spielten ihr heimlich allerlei Schabernack.

Walpurga hatte viel Mühe, sich diesen Bosheiten gegenüber im Zaum zu halten. Oft war sie wieder drauf und dran, sich mit ihren Fäustchen Recht zu schaffen, denn klatschen und angeben mochte sie nicht, das widerstrebte ihr. Aber im letzten Augenblick hielt sie sich immer wieder zurück und dachte daran, was Frau Doktor gesagt hatte.

Was sollte auch ihr lieber Herr König sagen, wenn er erfuhr, dass sie sich nicht in die Verhältnisse schicke, in die er sie gestellt hatte!

Am meisten aber hatte Eindruck auf sie gemacht, was ihr Margarete an dem Abend gesagt, als sie Magda geprügelt hatte.

Als sie allein in ihrem Zimmer waren, hatte Margarete ernsthaft zu ihr gesagt:

„Du darfst niemals wieder jemand schlagen, wenn wir gute Freunde bleiben wollen, Walpurga. Wenn ein Mädchen mit Fäusten dreinschlägt, das ist hässlich. Mit den Fäusten kannst Du niemand zur Achtung zwingen.

Höre doch einfach nicht darauf, wenn sie Dich verspotten, zeige ihnen, dass Du viel besser bist als sie, dann wirst Du sie beschämen und endlich lassen sie dann ab von Dir und kränken Dich nicht mehr!"

Das hatte sich Walpurga gut gemerkt, und wenn sie es nun wieder einmal arg mit ihr trieben und ihre Fäustchen sich im gerechten Zorn ballen wollten, dann dachte sie an den König und an Margarete, und da biss sie die Zähne tapfer aufeinander und hielt sich selbst in der Gewalt.

Nun waren es nur noch wenige Tage bis Weihnachten.

Walpurga schlug das Herz vor Freude, wenn sie an daheim dachte, an den verschneiten, herrlichen Wald, an das trauliche Försterhäusl und all ihre Lieben. Ach, wenn's doch schon so weit wäre!

Vaterl hatte wohl schon den schönsten Tannenbaum aus dem Forst geholt, und Mutterl besteckte ihn mit Lichtern und all dem lieben, bunten Tand, an dem ein Kinderherz seine Freude hat.

Und Tonerl und Sepperl, wie die wohl schon auf sie warteten! Ach, wenn's doch schon soweit wäre!

Heute befand sich nun Walpurga mit Margarete in ihrem Zimmer. Sie räumten, wie es jede Woche einmal Vorschrift war, ihre Kästen und Schubladen ordentlich auf.

Miss Warrens und Mademoiselle Leportier kamen dann, um nachzusehen, ob alles recht gemacht war.

Eifrig hantierte Walpurga in ihren Sachen und plauderte dabei von dem, was ihrer daheim in den Ferien harrte.

Da hörte sie plötzlich hinter sich einen tiefen Seufzer. Schnell wandte sie sich um und sah zu Margarete hinüber. Die wischte gerade verstohlen einige Tränen fort.

Aber Walpurga sah es doch, und ihr kleines Herz erfüllte heißes Mitleid.

Da warf sie schnell alles beiseite, was sie gerade in der Hand hielt, und ihre Arme um die Freundin schlingend, sagte sie erschrocken;

„Margarete, liebe Margarete, warum weinst du denn?"

Margarete zwang sich schon wieder zu einem Lächeln.

„Ach, du musst nicht auf meine Tränen achten, Walpurga!", sagte sie leise.

„Doch ich achte darauf", antwortete Walpurga herzlich. „Soll mir nicht das Herz weh tun, wenn ich sehe, dass du weinst? Tröstest du mich nicht auch immer so lieb, wenn ich traurig bin? Hat dir jemand etwas zuleide getan, Margarete?"

Walpurga sprach jetzt immer, so gut sie konnte in einem reinen Deutsch, ohne Dialekt.

Margarete fuhr noch einmal hastig mit dem Taschentuch über die Augen.

„Niemand, Walpurga. Lass gut sein, es ist schon vorüber!", sagte sie sanft.

Aber Walpurga schüttelte lebhaft den Kopf.

„Nein, ich lass dich nicht. Du musst mir sagen, was dich traurig macht. Sage ich dir nicht auch, wenn ich einen Kummer habe, und tust du dann mich so liebe trösten? Geh', sag', was dir weh tut, ja?"

Ihren bittenden Augen konnte Margarete nicht widerstehen. So sagte sie zögernd:

„Siehst du, Walpurga, sonst bin ich ja das ganze Jahr tapfer, wenn hier alle in die Ferien gehen zu Eltern und Geschwistern. Aber Weihnacht, ja Weihnacht, da ist es mir immer doppelt schwer, dass ich eine Waise bin und keinen Menschen habe, zu dem ich gehöre."

Walpurga wurde ganz blass und schluckte einige mal krampfhaft.

„Oh, du mein liebes Herrgotterl, jetzt hab i gar net mehr d'ran g'dacht, dass du keine Eltern mehr hast!", rief Walpurga, in der Erregung wieder in ihren Dialekt fallend.

Sie dachte dann aber gleich wieder daran, dass Margarete unzufrieden mit ihr sein würde, und fuhr in dialektfreier Rede fort:

„Meine liebe, arme Margarete, wenn du wüsstest, wie leid du mir tust. Kannst du denn nicht zu deinem Oheim gehen und bei ihm Weihnachten feiern?"

„Nein", antwortete Margarete seufzend, „der Oheim ist ja fast immer auf Reisen, weißt du, er hat keine Frau und keine Kinder, und er wüsste auch gar nicht, was er in seiner Junggesellenwohnung mit mir anfangen sollte. Er schickt mir zwar immer sehr schöne Geschenke, aber im Herzen steht er mir fern, obwohl er der einzige Bruder meines Vaters ist."

Walpurga streichelte zärtlich den Arm der Freundin; plötzlich sagte sie:

„Weißt du was, Margarete, komm mit mir ins Försterhäuschen, zu meinen Eltern!"

Margarete schüttelte hastig den Kopf.

„Nein, nein, das geht nicht. Ich danke dir herzlich für deinen guten Willen, aber es geht wirklich nicht!"

Da wurde Walpurga rot, und in ihren Augen erlosch das frohe Strahlen.

„Ach, ich weiß, es ist dir zu gering bei uns, daran hab' ich freilich nicht gedacht", sagte sie leise.

Margarete schlang erschrocken ihre Arme um Walpurga.

„Nein, wie kannst du so etwas denken! Zu gering ist es mir nirgends, wo mir Liebe geboten wird. So reich bin ich ja nicht an Liebe. Aber sieh', auch Johanna, Lena und Ella haben mich schon eingeladen, schon oft, mit zu ihren Eltern zu gehen, und ich habe das alles zurückgewiesen.

Ich fühle dann doppelt, wie einsam ich bin, wenn ich euch anderen mit euren lieben Eltern und Geschwister vereint sehe. Es drückt mir das Herz ab, denn es weckt die Erinnerungen daran, dass auch ich einmal liebe Eltern hatte. Verstehst du das, kleine Walpurga?"

Walpurga holte tief Atem.

„Ich weiß nicht, ich weiß bloß, dass ich dich furchtbar gern mit mir nähme."

„Das ist sehr lieb von dir", sagte Margarete herzlich, „und ich danke dir nochmals. Aber ich möchte nicht so fremd zwischen euch stehen und euch gar noch die Freude stören."

„Ach, du störst gewiss nicht. Mutter würde dich so liebhaben, sie hat den Sepperl auch so lieb, weil er keine Mutter hat. Wie schade, dass du nicht mit mir gehen willst. Es ließe sich gut machen. Weißt du, sogar im Giebelstübchen dürftest du schlafen, in demselben Bett, wo auch unser lieber, guter König Ludwig schon geschlafen hat", sagte Walpurga betrübt.

Margarete blickte verwundert auf.

„Der König? Bei euch im Haus hat er geschlafen?"

Walpurga nickte stolz.

„Ja doch, hab' ich dir das noch nicht erzählt?"

Margarete schüttelte den Kopf.

„Nein, du sprichst zwar oft vom König und sagtest mir, dass du ihn sehr liebhast. Es ist mir manchmal wohl aufgefallen, dass du viel von ihm sprichst und dich immer darum sorgst, ob er mit dir zufrieden ist. Ich hab' mir aber nichts weiter dabei gedacht. Jedenfalls hab' ich nicht geahnt, dass du ihn persönlich kennst und dass er gar bei euch gewohnt hat."

Walpurga schlug die Hände zusammen.

„Ach du, ich hab' geglaubt, du weißt das alles. Hat euch denn Frau Doktor nicht erzählt, dass ich hier bin, weil es der König so haben will? Er selbst hat mich doch zu Frau Doktor geschickt, dass ich etwas Tüchtiges lernen soll."

Margarete lauschte erstaunt.

„Nein Walpurga", sagte sie hastig, davon hat Frau Doktor nichts gesagt. Aber nun erkläre ich mir dein Hiersein. Ich hab' mich, offen gesagt, oft darüber gewundert, dass deine Eltern dich in eine so teure Pension schickten, da du mir ja erzählt hast, dass ihr arm seid. Weder ich noch die anderen haben eine Ahnung davon."

„Ach, die anderen brauchen es auch gar nicht zu wissen", sagte Walpurga schnell. „Zu ihnen möchte ich gar nicht von meinem lieben, guten Herrn König sprechen. Ich rede überhaupt nicht gern davon, weil ich ihn gar so sehr liebe und verehre, weißt du, wie einen heiligen. Aber dir sag' ich gern alles. Da schau, das Medaillon und Kettlein hab' ich von ihm; es ist mein größtes Kleinod — da, hier ist sein Bild drinnen — und so hab' ich ihn gesehen in seinem Schloss Hohenschwangau und hab' mit ihm und dem Sepperl zusammen gespeist, und der Sepperl hat eine Uhr bekommen."

Und nun erzählte in atemloser Haft sie alles, was sie vom König wusste und wie oft sie ihm begegnet sei, und dass er sie sein Waldvöglein, seinen Sonnenschein genannt habe und für ihre Zukunft sorgen wolle.

Alles sprach sie vom Herzen und in der Erinnerung an ihren geliebten, königlichen Herrn und Wohltäter strahlten ihre Augen und glühten ihre Wangen.

Margarete lauschte der beredten Schilderung. Das klang alles wie ein Märchen und trug doch den Stempel lauterster Wahrheit.

Als Walpurga zu Ende war mit ihrer Erzählung, legte Margarete ihren Arm um sie und sagte lächelnd:

„Kleine Walpurga, wenn du das alles den anderen erzählt hättest, dann hätten sie dich wohl anders aufgenommen. Des Königs Sonnenschein hätte sich damit mehr Geltung verschaffen können, als mit ihren zornigen Fäusten. Was meinst du wohl, wie sie dir dieses Kettlein mit des Königs Bild neiden würden, wenn sie alles wüssten!"

Walpurga warf trotzig den Kopf zurück.

„Ich werde es ihnen aber nie sagen. Viel zu lieb hab' ich den König, als dass ich von ihm mit diesen bösen Menschen sprechen möchte. Aber nun sag', Margarete, willst du wirklich nicht mit mir kommen? Ach, du solltest sehen, wie herrlich es bei uns im Wald ist, auch jetzt.

Unserem lieben, guten König gefällt es drum so gut bei uns. Und jetzt zur Winterszeit, da kommt das Wild, Hirsche und Rehe und all die anderen Tiere bis dicht an unser Häuschen. Weil dicht dabei ein Futterplatz ist, wo ihnen der Vater Nahrung streut.

Da ist mal ein Reh ganz dicht an mich herangekommen und hat mir aus der Hand das Futter genommen.

Und im Schlitten können wir fahren den abfallenden Weg hinab, soweit wir wollen. Mutterl legt Bratäpfel in den Ofen, und wenn wir heimkommen, sind sie gar und heiß, und wir wärmen uns die Hände dran. Mein kleines, liebes Tonerl, du, die ist gar lieb und drollig. Und über den Sepperl, da kannst du dich totlachen. Soviel Spaß macht der oft.

Gelt, du gehst mit mir? Wenn es auch schlicht und einfach bei uns ist, lieb wollen wir dich alle haben und – und ich könnte dir doch endlich auch einmal zeigen, wie dankbar ich dir bin, dass du immer so gut zu mir gewesen bist. Ja, geh mit!"

So bettelte Walpurga in ihrer herzigen, warmen Art, dass es Margarete sehr schwer wurde, abzulehnen. Sie seufzte tief auf, schüttelte den Kopf und sagt:

„Es geht leider nicht, Walpurga, so verlockend das auch alles klingt. Deine Schilderung macht es mir wirklich schwer, nein zu sagen. Lieber als mit den anderen ginge ich mit dir. Aber für diesmal ist es nun zu spät. Ich müsste ja erst bei meinem Oheim anfragen, ob er es erlaubt. Ohne seine Erlaubnis würde mir Frau Doktor nicht gestatten, das Haus zu verlassen. Aber vielen Dank, du liebes Sonnenscheinchen. Und vielleicht nehme ich dich später einmal beim Wort und komme einmal mit ins Försterhäuschen und schlafe in dem Giebelstübchen, wo der König geschlafen hat."

Walpurga nickte lebhaft.

„Ja, das tue nur! Im Sommer, da ist es auch wunder-, wunderschön bei uns daheim. Wenn alles im Walde grünt und blüht, wenn die Vögel singen, wenn die goldene Sonne durch die Zweige scheint, wenn die Walderdbeeren blühen und reifen, ach, herrlich ist es da in meiner schönen Heimat.

Drum kommt der liebe Herr König so oft zu uns, es gefällt ihm gar gut. Und wenn er so viel traurig ist, dann zeig' ich ihm die liebe Sonne, die über den Bergen steht, so dass du meinst, sie glühen, und dann sagt der liebe König leise zu mir:

„Sonnenscheinchen, kleiner Sorgenbrecher, wie schön ist es hier, wie friedlich! Plaudere nur weiter, Waldvöglein!"

Ganz weltvergessen, in holde Erinnerung versunken, hatte Walpurga das mit leuchtenden Augen vor sich hingesagt.

Margarete schaute sie ergriffen an.

„Kleine Walpurga, Du sprichst ja wie eine kleine Dichterin. Und wie Deine Augen glänzen, wie lieb Du aussiehst. Ja, ich glaube es schon, dass dir auch ein König gern zuhören mag!" sagte sie innig. Walpurga wurde rot und verlegen.

„Geh', Du willst Dich gewiss ein wenig lustig machen über mich!" sagte sie leise. „Nein, Walpurga, ganz gewiss nicht. Aber ich hab' dich lieb, sehr lieb, glaub' es mir!" rief Margarete herzlich.

„O, ich Dich auch, ich Dich auch!" sagte Walpurga, die Freundin herzlich umarmend.

10. Kapitel

Ein Komplott

Nachdem Miss Warrens die Schubfächer nachgesehen hatte, läutete es zum Abendessen. Eilig wuschen sich die beiden Freundinnen die Hände, und Walpurga machte sich ihre Fingernägel ebenso sorgfältig zurecht, wie Margarete, denn sie hatte nun schon gelernt, dass man die Hände pflegen und sauber halten muss. Auch über das Haar bürstete sie, wie es Margarete tat, und dann verließen sie beide ihr Zimmer und begaben sich nach dem Speisesaal, in dem alle gemeinsamen Mahlzeiten eingenommen wurden.

Draußen auf dem Korridor begegneten ihnen Franziska, Martha und Fifi.

Das kleine Komtesschen Fifi steckte Walpurga mit einer sehr ungräflichen Grimasse die Zunge heraus, und Franziska drehte ihr sehr auffallend und ungezogen den Rücken zu.

Walpurga war derartige Kränkungen schon gewöhnt. Früher hatte das den hellen Zorn in ihr geweckt, jetzt presste sie nur die Lippen aufeinander und sah an den garstigen Mädchen vorbei.

Im Speisezimmer hatte sie dann Ruhe, denn die Mahlzeiten wurden in Gesellschaft von Miss Warrens und Mademoiselle Leportier eingenommen.

Frau Dr. Moritz kam nur zuweilen herüber, um nach dem Rechten zu sehen. Sie nahm ihre Mahlzeiten mit ihrer alten Mutter, die sehr leidend war, in ihrer Privat

Wohnung ein. Bei Tisch wurde immer abwechselnd zur Übung für die Schülerinnen eine Woche Englisch und eine Woche Französisch gesprochen. Walpurga hatte sich nur mit Mühe die nötigsten Worte gemerkt, da sie ja noch keinen Sprachunterricht genossen hatte.

Bat sie nun einmal in deutscher Sprache um etwas, so wurden ihre Worte mit spöttischem Lächeln von den anderen ignoriert.

Margarete saß nicht an ihrer Seite, denn bei Tische saßen die Ältesten oben bei den Lehrerinnen und die Jüngsten am anderen Ende der Tafel.

So musste sich dann Walpurga immer erst an die Lehrerinnen mit ihrer Bitte wenden.

Diese sagten ihr dann in der fremden Sprache die Worte vor, die ihren Wunsch ausdrücken, und Walpurga musste das nachsprechen.

Das war aber eine ganz gute Übung für Walpurga, und da sie gut lernte und entschieden Sprachtalent besaß, wurde es immer seltener, dass sie einmal nicht Bescheid wusste.

Ach, was waren die gemeinsamen Mahlzeiten oft für schreckliche Stunden für die kleine Försterstochter gewesen. Was hatte sie alles lernen und unterlassen müssen, und wie hatte sie unter den spöttischen Blicken der anderen Mädchen gelitten.

Diese hatten ja alle schon zu Hause die vornehmen Sitten und Gebräuche bei Tisch gelernt. Aber Walpurga kannte diese Sitten nicht, wusste oft nicht einmal, wozu dieser und jener Gegenstand gebraucht wurde.

Jetzt ging es gottlob schon viel besser, und grobe Verstöße ließ sie sich schon längst nicht mehr zuschulden kommen, denn sie war klug und gelehrig und merkte sich alles. Schwer war das ja alles nicht, nur wissen musste man, was man zu tun hatte.

Aber ihre Mitschülerinnen konnten noch immer nicht vergessen, welche Fehler sich Walpurga im Anfang hatte zuschulden kommen lassen, und immer noch wurde sie heimlich, wenn es die Lehrerinnen nicht merkten, damit aufgezogen.

Heute hatte aber niemand so recht Zeit, auf Walpurga zu achten. Übermorgen ging es ja heim in die Weihnachtsferien.

Darüber vergaß man alles andere. Es gab so viel zu erzählen von den glänzenden Feiern, die den vornehmen und reichen Kindern bevorstanden. Sie überboten sich gegenseitig in der Schilderung der zu erwartenden Pracht.

Margarete hörte still zu. Und es erschien ihr, dass all diese prahlerischen Schilderungen jämmerlich verblassten vor den schlichten, aber aus dem Herzen klingenden Worten, in denen Walpurga vorhin drüben in ihrem Zimmer von dem kleinen Försterhaus erzählt hatte. Das hatte wie Poesie geklungen und hatte das Herz warm gemacht.

Nach Tisch forderte Franziska die anderen heimlich auf, noch zu einer Beratung in ihr Zimmer zu kommen.

Und dort sprach sie ihnen eindringlich vor, auf jeden Fall daheim daraufhin zu wirken, dass die Försterstochter aus dem Institut entfernt werden müsse.

„Vergesst ja nicht, was ich Euch gesagt habe!" forderte sie gebieterisch. „Ihr lasst Euch jede zum Ferienschluss von Euren Eltern einen Brief mitgeben an Frau Doktor. Darinnen muss stehen, dass Eure Eltern die Entfernung der Bauerndirne verlangen. Wenn wir gemeinsam vorgehen, haben wir Erfolg, denn dann kann sich

Frau Doktor nicht dagegen auflehnen. Also ich habe Euer Wort. Wer kneift, ist ehrlos!"

So sprach Franziska mit einem gebieterischen Blick und einem stolzen Aufwerfen des Kopfes.

Die anderen versprachen alles, was sie wünschte, sie ließen sich alle von Franziska beherrschen.

Im Grunde, wenn sie hätten ehrlich und vernünftig sein wollen, hätten diese törichten Kinder sich sagen müssen, dass ihnen die arme, kleine Walpurga nie etwas zuleide getan hatte, sondern immer nur von ihnen gequält worden war. Auch dass Walpurga viel artiger und besser war, als sie selbst, hätten sie einsehen müssen. Aber das wollten sie eben nicht.

Sie konnten nicht vergessen, dass Walpurga im roten Röckchen, mit Nagelschuhen und einem ärmlichen Bündel ihren Einzug ins Institut gehalten hatte und dass sie ihretwegen schon manche Strafpredigt von Frau Doktor bekommen hatten.

Kinder sind oft so unbarmherzig untereinander. Wenn Walpurga vielleicht über ihre Quälereien geweint und gejammert hätte, dann hätten sie wohl von ihr abgelassen und sich eines Besseren besonnen.

Aber Walpurga zeigte keine Schwäche, sondern hielt tapfer aus.

Im Grunde imponierte das den anderen Mädchen, aber sie wollten doch um keinen Preis zeigen, dass sie sich von einem Bauernmädel imponieren ließen.

Und so zeigten sie sich gehässiger und garstiger als sie eigentlich waren.

Franziska hatte auch Margarete gegen Walpurga aufwiegeln wollen. Als diese ihr aber ruhig erklärte, dass sie nichts gegen Walpurga habe, diese im Gegenteil sehr

lieb und artig fände und ihr herzliche Freundschaft ent-
gegenbringe, hatte Franziska gehässig erwidert:

„Du hast Dich bloß von ihr umschmeicheln lassen,
weil sie gesagt hat, dass Du die Beste von uns bist. Warte
nur, wenn dein Oheim erfährt, mit wem du in einem
Zimmer wohnst, dann wird er schon dagegen protestie-
ren!"

„Ich glaube nicht, Franziska. Mein Oheim vertraut
Frau Doktor sehr, und wenn sie es für gut hält, dass Walpurga in meinem Zimmer wohnt, so wird auch er nichts
dagegen haben!" hatte Margarete gesagt.

Daran hatte sich Franziska brüsk von ihr abgewandt
und hatte sie stehen lassen.

So war nun das Komplott gegen Walpurga hinter
Margaretes Rücken geschmiedet worden.

Margarete ahnte aber doch, dass irgendetwas vorging, und beschloss, sich auf jeden Fall auf Walpurgas
Seite zu stellen.

11. Kapitel

Wieder daheim

Glückstrahlend war Walpurga wieder in der Heimat angelangt.

Der Vater hatte sie in München abgeholt. Die Mutter aber und Tonerl und Sepperl, erwarteten sie daheim.

Ach, das war ein Jubel, ein Herzen und Küssen! Die Mutter wollte ihr herzliebes Kind gar nicht wieder aus den Armen lassen, und lachend und weinend zugleich hielten sie sich fest umschlungen.

Dann als sich der Freudensturm ein wenig gelegt hatte, wurden Walpurgas städtische, modische Kleider, der feine Mantel, die leichten Stiefelchen und das hübsche Hütchen bewundert.

Frau Doktor hatte Walpurga auf des Königs Wunsch gar vornehm ausgestattet.

Angestaunt wurde Walpurga geradezu von Tonerl und Sepperl, als sie nach dem ersten Freudenausbruch ihr mühsam erlerntes Schuldeutsch sprach.

Dieses hielt, das müssen wir hier nur gleich gestehen, allerdings nicht lange stand. Hier, in der alten, vertrauten Umgebung plauderte Walpurga schnell wieder ihren alten Dialekt, und im Handumdrehen wurde aus der städtischen Walpurga wieder das liebe alte Burgerl.

Und die Mutter holte dann gleich, zur Schonung der neuen Kleider, ihres Burgerls altes Gewand hervor, das sie noch aufbewahrt hatte.

Und ehe man sich um den festlich gedeckten Kaffeetisch setzte, auf dem Mutters selbst gebackener Kuchen duftete, da zog Burgerl das alte, rote Röcklein wieder an. Es war, als sei sie gar nicht fortgewesen.

Wie herrlich schmeckte es Burgerl am heimischen Kaffeetisch! Und von drüben aus dem Staatszimmer zog ein Duft herüber von der dort aufgestellten Weihnachtstanne. Rings um sie her liebevolle, freundliche Gesichter, keine kalten, spöttischen Augen, die kritisch ihr Tun beobachten.

Ach, Burgerl jauchzte laut vor auf Glückseligkeit, und dann sagte sie, die Hände fest an das Herz drückend:

„Ach, jetzt weiß ich doch gleich, warum mich der liebe Herrgott und mein lieber Herr König nach München g'schickt haben!"

„Nun, warum denn?", fragte der Vater lächelnd.

Burgerl holte tief Atem.

„Damit i so recht merken tu, wie schön es daheim ist. I freu' mich schon wieder auf die nächsten Ferien", sagte sie.

„No, no, erst bist einmal jetzt da, und a wengerl bleibst jetzt bei uns", sagte die Mutter froh, ihr ein neues Stück Kuchen zuschiebend.

Burgerl aß mit gutem Appetit.

„Kriegst auch ordentlich zu essen in der Pension, Burgerl?", fragte die Mutter besorgt.

Burgerl nickte.

„Da kannst ohne Sorg' sein, mein liebes Mutterl. Frau Doktor lässt niemanden Hunger leiden, o nein. Tüchtig müssen wir essen, und lauter gute Sach'."

„Na, und sonst, Burgerl, wie g'fallt dir's in der Pension? Nun musst du uns erzählen; weißt, es tut uns doch drauf verlangen, zu hören, wie dös alles geht!"

Da erzählte denn Burgerl frisch drauf los, in ihr lebhaften, herzigen Art.

Zuerst von Frau Doktor, wie sie so lieb und gut sei, dann von den Lehrern und Lehrerinnen, die mit ihr zufrieden waren. Nachher von ihrer herzlieben Freundin Margarete von Hellborn. Von der könnte sie gar nicht genug erzählen.

Auch ihr ganzes Tagewerk von früh bis abends beschrieb sie genau und ihr Zimmer, in dem sie mit Margarete wohnte.

Aber von den anderen Kindern berichtete sie nur, dass es stolze und vornehme Mädchen seien und lange nicht so nett und lieb wie Margarete. Von den Kränkungen aber, die ihr von diesen anderen zugefügt worden waren, erwähnte das tapfere Burgerl kein Wort, denn sie dachte sich:

„Wenn Du Deinen lieben Eltern das erzählst, dann sind sie immerfort in Sorge und grämen sich darüber sehr. Behalt' das lieber für Dich, damit sie sich nicht betrüben; helfen können sie Dir doch nicht. Und Du wirst schon allein damit fertig werden!"

So erzählte sie nur alles, was den Eltern Freude machen konnte. Das andere behielt sie für sich.

Jetzt schien es ihr auch gar nicht mehr so schlimm gewesen zu sein. Hatte sie nicht Margarete gehabt? Und waren nicht Frau Doktor und die Lehrer und Lehrerinnen sehr lieb und freundlich zu ihr?

Ach, wozu an die schlimmen Stunden zurückdenken.

Keine Minute wollte sie sich dadurch von ihren Ferien trüben lassen, und Vaterl und Mutterl sollte nicht das Herz schwer gemacht werden.

Am nächsten Tag war der Weihnachtsabend.

Nachmittags waren die Kinder mit dem Vater im Wald gewesen, um das Wild am Futterplatz zu sehen. Als es dunkelte, kamen sie heim.

Die Mutter hatte inzwischen alles zur Bescherung vorbereitet. Nun zündete sie mit dem Vater die Lichter am Weihnachtsbaum an, dann klingelte sie und öffnete die Tür.

Oh, der alte, liebe Weihnachtszauber, wie froh machte er alle Herzen!

Burgerl sang, mit strahlenden Augen in der Tür stehend, ein schönes Weihnachtslied, das sie im Institut gelernt hatte:

„Vom Himmel hoch, da komm ich her."

Klar und rein, wie von einer Engelsstimme, tönte der liebliche Gesang durch den schlichten Raum.

Die Eltern hatten sich bewegt bei den Händen gefasst und lauschten ganz andächtig auf ihres Burgerls Gesang. Sie konnten den Blick nicht wenden von dem lieblichen Kindergesicht; gar zu hold sah es aus und die goldenen Löckchen glänzten wie ein Heiligenschein um das feine Köpfchen.

Sepperl konnte es zwar kaum erwarten, an seinen Gabentisch zu kommen, aber auch er musste immerfort auf das Burgerl schauen.

„Weißt, Burgerl, wie ein leibhaftiges Engerl hast eben ausg'schaut. Und schön singen kannst schon. Dös Liederl musst' mir lehren, dös g'fallt mir", sagte er anerkennend, als sie zu Ende war.

Dann wurde beschert, und jubelnde Kinderstimmen füllten den Raum.

*   *
*

Am zweiten Weihnachtsfeiertag kam ganz unerwartet der König in seinem wundervollen Schlitten angefahren.

Wie immer bei seinen Besuchen war er ohne Begleitung. Nur Sepperls Vater saß auf dem Bock und kutschierte.

Freudig wurde der König willkommen geheißen. Man hatte ihn noch in München geglaubt. Burgerl lief ihm jubelnd entgegen.

„Dass du nur da bist, dass i dich wiederseh', ach, i freu' mich so sehr, dass i dich endlich wieder einmal anschauen kann, lieber, lieber König! Komm schnell eini ins warme Stüberl!", rief sie glückselig und küsste seine Hand.

Der König hob ihr Köpfchen empor und sah sie an. „Sonnenscheinchen, wie hab' ich dein Plauderstimmchen vermisst, wie hab' ich mich gesehnt nach der friedlichen Stille!", sagte er seufzend.

Burgerl traten die Tränen in die Augen.

„So viel traurig schaust aus, lieber Herr König. Gelt, du hast es schwer g'habt mit dem Regieren in deinem Münchner Schloss? Es macht dir halt viel Sorg' und Kümmernisse, net wahr?", fragte sie besorgt und voll Mitleid.

Der König lächelte.

„Was weißt du von den Sorgen, und Kümmernissen eines Königs, kleines Waldvöglein. Sprechen wir nicht davon, die will ich ja hier vergessen. Ich habe Sehnsucht gehabt nach deinem frohen Lachen, und da ich dich daheim wusste, trieb es mich her. Nur wenig Zeit hab' ich übrig. Aber ich will hören, wie es dir ergangen ist im Institut. Frau Dr. Moritz hat mir mitgeteilt, dass sie mit dir zufrieden ist. Nun will ich aber auch hören, wie es dir gefällt", sagte er freundlich in seiner gütigen Art.

Da erzählte dann Burgerl tapfer drauf los – alles Gute und Liebe aus der Pension.

Und um dem König zu zeigen, was sie schon gelernt hatte, sprach sie Hochdeutsch und gab schließlich auch die bei Tisch erlernten französischen und englischen Sätze zum Besten.

Das klang dem König so lieb und drollig, dass er herzlich lachen musste.

Inzwischen war es dunkel geworden, und die Försterin hatte, ohne erst zu fragen, die Lichter am Weihnachtsbaum angezündet.

Walpurga musste nun auch dem König ihr Weihnachtslied singen. Als sie geendet hatte, stand der König, der sich leise erhoben hatte, am Fenster, den Rücken nach dem Zimmer gekehrt. Und die Försterin sah, dass er hastig mit dem Taschentuch über die Augen wischte.

„Ja, ja, das Burgerl, das kann auch singen wie ein leibhaftiges Engerl," so dachte die Försterin stolz.

Endlich wandte sich der König wieder um. In seinen Augen lag noch ein feuchter Glanz.

Walpurga blickte beklommen zu ihm auf.

„Hab' i mei Liederl net gut g'sungen? Bist 'leicht net zufrieden mit mir?", fragte sie ängstlich.

Er nickte ihr freundlich zu.

„Kind", sagte er leise, „lieb hast du dein Lied gesungen. Jetzt hab' ich auch im Herzen Weihnacht gefeiert."

Und sich schnell straff aufrichtend und noch mit einem Blick das schlichte, traute Zimmer umfassend fuhr er frischer fort:

„Jetzt ruf' mir Sepperls Vater herbei!"

Dieser hatte inzwischen draußen in der Küche mit seinem Schwager ein Glas heißen Punsch getrunken und dabei seinen Sepperl im Arm gehalten.

Nun eilte er ins Zimmer, und der König gab, ihm einen Wink. Da ging er gleich wieder hinaus.

Der König verabschiedete sich nun schnell und verließ gleichfalls das Zimmer. Schnell nahm er im Schlitten Platz.

Sepperls Vater hatte inzwischen eine große Kiste vom Schlitten heruntergehoben und setzte sie nun, über das ganze Gesicht lachend, mitten im Hausflur nieder vor der überraschten Försters Familie.

Ehe jemand ein Wort sagen konnte, war er wieder draußen, und als sie herauskamen, fuhr eben der königliche Schlitten davon.

Burgerl schwenkte noch schnell ihr Tüchlein.

„B'hüt Gott auch lieber Herr König!", rief sie ihm nach.

„Auf Wiedersehen, Sonnenscheinchen!", rief der König zurück.

Burgerl sah ihm nach, bis er in der Finsternis verschwunden war.

Und dann gab es noch einmal eine Bescherung im Forsthaus.

In der großen Kiste war für jedes der Familienmitglieder ein Geschenk des Königs. Die Försterin bekam einen Ballen weißes, feines Linnen, der Förster eine Pfeife mit silbernen Beschlägen, Burgerl ein herrliches Märchenbuch mit wunderschönen Illustrationen, Sepperl eine ganz große Schachtel mit Bleisoldaten und das Tonerl eine schöne Puppe. Dazu für jeden allerlei Weihnachtsleckerei.

Das gab wieder neuen Jubel, und alle bedauerten nur sehr, dass der König sich ihrem Dank entzogen hatte.

Burgerl setzte sich gleich mit ihrem Buch auf die Ofenbank. Und da jauchzte sie plötzlich laut auf.

Auf der ersten Seite des Buches stand von des Königs Hand geschrieben:

Meinem Sonnenscheinchen
Ludwig II.

Ach, war da Burgerl glücklich und stolz! Schwarz auf weiß hatte sie es nun, dass sie des Königs, ihres geliebten, herrlichen Königs Sonnenscheinchen war!

Kein anderes Geschenk hätte ihr so viel Freude machen können. Von diesem Buch mochte sie sich gar nicht trennen.

Walpurga wartete nur sehnlichst, dass der König noch einmal kommen würde.

Sepperls Vater hatte dem Förster erzählt, dass Seine Majestät einige Zeit in Hohenschwangau bliebe und dann erst wieder nach München zurückkehren würde.

Nun hoffte Walpurga, dass der König noch einmal herüberkam, ehe sie ins Institut zurückmusste.

Aber ein Tag nach dem anderen verging, und König Ludwig erschien nicht. Er verlebte wieder einmal seine Tage in völliger Zurückgezogenheit und wollte selbst seine Diener nicht sehen. Das war immer so, wenn er gezwungen worden war, in München großen Hofstaat zu halten und viele Menschen um sich zu sehen.

Walpurga hatte schon alle Hoffnung aufgegeben. Aber am letzten Tag vor ihrer Abreise erschien der König doch noch einmal im Forsthaus.

Über eine Stunde saß er mit Burgerl im Wohnzimmer, behaglich in einem Lehnstuhl zurückgelehnt und auf ihr Geplauder hörend.

Der Förster war nicht daheim, die Försterin hatte im Haushalt zu tun. Tonerl saß bei Sepperl, der seine Sachen packte, denn der sollte ebenfalls am nächsten Tag das Forsthaus verlassen, um ins Schloss zu seinem Vater überzusiedeln.

„Ja", sagte Burgerl aufatmend, „der Sepperl hat's gut, der kommt nun in dein Schloss Herr König, und darf dich fast alle Tage sehen!"

Der König lächelte.

„Ist denn das ein so großes Glück, Burgerl?", fragte er zweifelnd.

Sie nickte ernsthaft.

„Ja. Ich möcht' immer bei dir sein, dich immer trösten, wenn du traurig ausschaust. Immer muss ich an dich denken, wenn ich dich nicht sehen kann. Und dann hab' ich oft so eine große Angst, dass du traurig bist und niemand bei dir ist, der dich trösten kann. Wenn du wenigstens eine Frau Königin hättest! Weißt, manchmal ist mir, als müsst' ich laufen und laufen, bis ich bei dir wäre. Nur schnell einmal in dein Antlitz möcht' ich dann schauen, ob du auch nicht traurig bist!"

Der König blickte aufseufzend in ihr Gesicht.

„So lieb bin ich dir, kleine Burgerl?", fragte er.

Sie nickte wieder.

„Ja, ich hab' dich so viel lieb, grad' so lieb wie mei Vaterl und mei Mutterl." Sagte sie mit dem Ausdruck großer Wahrhaftigkeit.

„Kind", sagte er bewegt, „ich verdiene so viel Liebe gar nicht."

„Ach, weißt, die Lieb', die verdient man doch nicht, sie ist halt da", erwiderte sie froh.

Da musste der König lachen.

„So, so, sie ist halt da", sagte er amüsiert. „Kleine Burgerl, was du oft für drollige und doch so gescheite Einfälle hast!"

„Gelt, du hast mich auch a wengerl lieb?", fragte sie, seines Lachens froh.

„Sehr lieb, Sonnenscheinchen, das musst du doch wissen", erwiderte er.

Da klatschte sie in die Hände.

„Ich hab's schon gewusst, ja, ich hab's schon gewusst. Sonst würdest du doch nicht so viel Gutes tun an mir. Weißt, über das Buch hab' ich mich gefreut, rein närrisch, ja — zumeist über das, was du mir reingeschrieben hast. Ich muss es immer wieder anschauen. Und das Buch nehme ich mit ins Institut; ja, ich mag mich nicht davon trennen. Auch nicht von deinem Bild da im Medaillon. Nun komm ich erst Ostern wieder heim. Wirst da auch ins Försterhäusl kommen, ja?"

So plauderte Burgerl.

Der König versprach, dass er in den Osterferien bestimmt im Forsthaus sein würde, und da gab sie sich zufrieden.

Inzwischen war Sepperl fertig geworden mit dem Einpacken und kam nun mit Tonerl herüber.

Eine Weile scherzte der König noch mit den Kindern, dann brach er auf mit dem inzwischen heimgekehrten Förster, der den König ein Stück Wegs begleiten sollte.

Am nächsten Tag fuhr Burgerl nach München, und Sepperl wurde von seinem Vater nach Schloss Hohenschwangau geholt.

Da wurde es nun gar still im Forsthaus. Die Försterin wischte sich oft verstohlen über die Augen, weil sie Sehnsucht nach den Kindern, vor allem nach Walpurga hatte.

12. Kapitel

Wie es mit Walpurga weiter erging

Zugleich mit Walpurga war bei Frau Dr. Moritz ein königliches Handschreiben eingetroffen, worin der König der Institutsvorsteherin mitteilte, dass er viel Wert darauflege, dass Walpurga Malwinger einen besonders sorgfältigen und gründlichen musikalischen Unterricht erhielt, denn er habe sich selbst überzeugt, dass das Kind ein sehr feines musikalisches Gehör und eine schöne, frische Stimme habe. Er wolle nicht versäumen, auch diese Begabung Walpurgas ausbilden zu lassen.

Der Brief schloss mit der Versicherung des Königs, dass er Frau Dr. Moritz danke und volles Vertrauen schenke in Bezug auf Walpurgas Erziehung und Ausbildung.

Frau Dr. Moritz fühlte sich sehr geehrt durch dieses Schreiben und nahm sich nochmals vor, Walpurgas Wohl stets im Auge zu behalten.

Margarete hatte ihre liebe, kleine Zimmergenossin mit großer Freude begrüßt. Erst während der Trennung hatte sie so recht gemerkt, wie ihr Walpurga ans Herz gewachsen war.

Als einzige der Schülerinnen war Margarete während der Ferien im Haus geblieben und hatte Weihnachten still mit Frau Doktor und deren alter Mutter gefeiert. Der Oheim hatte ihr viele schöne Geschenke geschickt, aber das beste fehlte ihr doch – ein Herz, das ihr in Liebe zugetan war.

Nun hatte sie wenigstens ihre liebe, kleine Walpurga wieder.

Diese erzählte strahlenden Auges von daheim, auch vom König und zeigte Margarete stolz die Inschrift in ihrem Märchenbuch. Auch Frau Doktor bekam diese zu sehen. Aber dann barg Walpurga das kostbare Buch vor jedem anderen Blick und verschloss es in ihrer Kommode.

Auch die anderen Pensionärinnen waren zurückgekehrt, und aus den spöttisch triumphierenden Blicken, mit denen sie Walpurga ansahen, merkte Margarete, dass sie etwas im Schild führten.

Franziska hatte sogleich all die anderen gefragt, ob sie Wort gehalten und einen Brief von zu Hause mitgebracht hätten und alle zogen siegessicher ein Schreiben hervor.

Diese Briefe lieferten die Pensionärinnen mit einem tiefen, artigen Knicks und einer Empfehlung von den Eltern an Frau Doktor ab.

Frau Doktor kannte ihre Zöglinge genau. Stillschweigend legte sie einen Brief zum anderen, ohne vorläufig einen einzigen zu öffnen.

Bis zum Abend hatte sie so viel zu tun, dass sie nicht dazu kam, das Häuflein Briefe zu lesen.

Die Pensionärinnen waren voll Spannung und Erwartung, aber sie mussten zu Bett gehen, ohne dass sie von Frau Doktor erfahren hatten, wie diese sich zu den Briefen stellte.

Am Abend saß dann Frau Doktor an ihrem Schreibtisch und las einen der Briefe nach dem anderen. Nach jedem vertiefte sich die zornige Falte auf ihrer Stirn und ihren Augen blickten unmutig.

In jedem Brief schrieben die Eltern der Zöglinge, dass sie von Frau Doktor verlangen müssten, dass diese die Pensionärin Walpurga Malwinger aus ihrem Institut entferne. Sie hätten ihre Kinder nicht in eins der vornehmsten und teuersten Pensionate untergebracht, um diese mit Bauernkindern von obskurer Herkunft zusammen erziehen zu lassen. Frau Doktor möge sich umgehend darüber äußern, ob sie den berechtigten Wunsch erfüllen wolle oder nicht.

Als Frau Doktor mit dieser Lektüre zu Ende war, atmete sie tief auf. Und dann huschte doch ein feines, sarkastisches Lächeln über ihr Gesicht.

„Es könnte zum Weinen sein, wenn man nicht darüber lachen müsste. Wie gut, dass ich einen Trumpf in den Händen halte, der sich wohl wirksam erweisen wird. Sonst müsste ich jetzt wirklich, wenn ich nicht alle Pensionärinnen verlieren wollte, die liebe, kleine Walpurga entfernen.

Wie traurig, dass Kinder untereinander so gehässig sein können. Jeder muss diesen netten, kleinen Schützling des Königs liebgewinnen, der in seine lieben, klaren Augen sieht, und diese Kinder verrennen sich in eine Feindseligkeit, die sie überhaupt nicht empfinden dürften!"

So sagte sich Frau Doktor.

Und dann beantwortete sie sogleich die sämtlichen Briefe. Mit Ausnahme der verschiedenen Anreden lauteten die Antworten gleich, und zwar folgendermaßen:

In ergebenster Erwiderung Ihres mir durch Ihr Töchterchen überbrachten Schreibens teile ich Ihnen mit, dass es mir nicht möglich ist, Walpurga Malwinger, die Tochter des Försters Malwinger, aus meinem Institut zu entlassen.

Walpurga ist auf ganz besonderen Wunsch und Befehl Sr. Majestät König Ludwigs II. in mein Institut aufgenommen worden. Sie ist Seiner Majestät Schützling und gilt ihm viel. Außerdem ist sie ein sehr artiges, fleißiges und begabtes Kind, dessen Gesellschaft in keiner Weise nachteilig auf Ihre Tochter wirken wird. Walpurgas kleine Ungeschicklichkeiten und ihr Dialekt werden sich bald genug ganz verlieren.

Sollte Euer Hochwohlgeboren aber dennoch darauf bestehen, dass Walpurga entfernt werde, so will ich Seiner Majestät mitteilen, dass Sie Ihre Tochter nicht mit seinem Schützling zusammen unterrichten und wohnen lassen wollten, und ihn bitten, Ihrem Wunsch zu willfahren, Walpurga anderweitig unterzubringen. Ich erwarte umgehend Ihren Bescheid und empfehle mich Ihnen

hochachtungsvoll

Adele Moritz

Als Frau Doktor die Briefe fertig gemacht hatte, fühlte sie sich erleichtert.

„So! Ich müsste die Menschen nicht kennen, wenn diese Briefe nicht ihre Wirkung tun werden. Keine von diesen Herrschaften wird es wünschen, dass ich Seiner Majestät melde, dass man sich seinen Bestimmungen feindselig gegenüberstellt!"

Am nächsten Morgen beim Frühstückstisch saßen die Pensionärinnen mit erwartungsvollen Gefühlen Walpurga gegenüber.

In ihren Mienen las Margarete allerlei, was ihr nicht gefiel, und besorgt traf ihr Blick Walpurgas unschuldiges, unbefangenes Gesicht.

Während des Frühstücks trat Frau Doktor ein, begrüßte die Kinder ernst, aber freundlich und sagte dann ruhig zu Walpurgas Widersacherinnen:

117

„Ich habe euren Eltern bereits die Antwort auf ihre Briefe geschickt."

Damit mussten sie sich vorläufig zufriedengeben. Aber in den nächsten Tagen dachten sie jedes Mal, wenn Frau Doktor eintrat:

„Ah, jetzt ist es so weit, jetzt wird sie Walpurga aus unserer Mitte entfernen!"

Aber nichts dergleichen geschah. Walpurga saß bei jeder Mahlzeit und in jeder Schulstunde wieder auf ihrem Platz und sah gar nicht aus, als wenn sie daran dächte, das Institut zu verlassen.

Franziska fieberte schon von Erwartung. Ihre ganze Autorität stand ja auf dem Spiel, wenn sie in dieser Angelegenheit nicht Siegerin blieb.

Frau Doktors Menschenkenntnis sollte nicht zuschanden werden. Postwendend trafen die Antwortschreiben der Eltern auf ihre Briefe ein.

Alle enthielten eine Entschuldigung und die Versicherung, dass man durchaus nichts dagegen habe, dass Seiner Majestät Schützling im Institut verbleibe. Da Seine Majestät selbst sich für die kleine Walpurga interessiere, so wäre das eine Bürgschaft dafür, dass diese eine Ausnahmestellung verdiene.

Man bat Frau Doktor, um Gottes willen das erste Schreiben als ungeschrieben zu betrachten und Seine Majestät nicht mit diesem bedauernswerten Irrtum zu belästigen.

Frau Doktor legte lächelnd diese Briefe zu den anderen und schrieb nochmals acht Briefe. Die lauteten so:

Es freut mich, dass Euer Hochwohlgeboren nicht auf die Entfernung Walpurga Malwingers bestehen und die Angelegenheit damit erledigt ist. Aber ich möchte gleich die Gelegenheit ergreifen, Sie zu bitten, dass Sie Ihre

Tochter brieflich darauf hinweisen, dass es wohl besser ist, alle Feindseligkeiten gegen Walpurga einzustellen. Das wäre im Interesse des guten Einvernehmens der Kinder untereinander sehr zu wünschen. Euer Hochwohlgeboren würden mich durch diese Unterstützung zu Dank verpflichten.

Da kamen nun wirklich in den nächsten Tagen elterliche Briefe an die Zöglinge.

Frau Doktor beobachtete die Kinder unbemerkt, und da konnte sie bald mit Vergnügen feststellen, dass die stummen Feindseligkeiten der Kinder Walpurga gegenüber sich in eine Art neugierigen Interesses verwandelten.

Zuerst merkte Walpurga selbst gar nichts von dieser Wandlung ihrer Widersacherinnen.

Während Frau Doktor schon ganz befriedigt konstatieren konnte, dass Walpurgas Stellung im Hause nun gegen jeden Angriff geschützt war, nahm diese selbst gar nichts von dem wahr, was um sie hervorging.

Margarete fiel es dann zuerst auf, dass keine von den Mädchen mehr gehässig über Walpurga sprach.

Und dann eines Tages, als die Kinder gemeinsam ihre Schularbeiten gemacht und nur eine Spielstunde frei hatten, sagte Dorothea zu Walpurga:

„Willst du mit uns spielen, wir wollen im Garten einen Schneemann bauen?"

Walpurga wurde vor Überraschung ganz rot. Zunächst glaubte sie, man habe eine neue Kränkung gegen sie ersonnen, die bei diesem Spiel zur Ausführung kommen sollte.

Sie sah Margarete an und dann all die anderen, die erwartungsvoll um sie herumstanden.

Alle sahen Walpurga ein bisschen verlegen, aber gar nicht mehr böse und gehässig an.

„Komm nur, spiel mit uns!", sagte nun auch Franziska gnädig, und Magda bot ihr die Hand, um sie zu führen.

Da leuchteten Walpurgas Augen froh auf.

„Ja, ist es wahr, wollt ihr wirklich mit mir spielen?", fragte sie erstaunt.

„Natürlich, sonst würden wir es doch nicht sagen!", erwiderte Lena, und sie zogen Walpurga mit sich fort und waren so nett und liebenswürdig mit ihr, wie nur Kinder sein können, wenn sie ein Unrecht eingesehen haben und gutmachen wollen.

Walpurga war das zunächst wie ein schöner Traum. Immer wieder sah sie staunend von einer zur anderen, und als sich nun gar nach der Spielpause zwei der Mädchen zutraulich in ihre Arme hängten, hielt sie es nicht mehr aus, dazu zu schweigen.

Tief Atem holend, fragte sie:

„Warum seid Ihr denn mit einem Male so gut zu mir?"

Da sahen sie die anderen verschämt lachend an. „Ach, weißt Du, eigentlich haben wir Dich immer gut leiden mögen!" sagte Johanna für die anderen.

Walpurga schlug die Hände zusammen in freudiger Überraschung. Ihr kleines, ehrliches Herz glaubte diese Worte.

„Ach, denkt nur, ich hab' immer gemeint, Ihr mögt mich nicht leiden!" erwiderte sie, froh, dass ihr nur freundliche Worte und Blicke gespendet wurden.

„Jetzt mögen wir Dich jedenfalls sehr gern leiden," sagte Franziska bestimmt, und wenn Du willst, kannst

Du ja auch in meinem Zimmer mitwohnen, Martha geht dann wieder zu Margarete!"

Walpurga schaute zu Margarete hinüber. Diese hatte inzwischen von einigen der Mädchen gehört, dass sie nun wussten, dass Walpurga ein Schützling des Königs war.

Margarete war ein sehr ernstes Kind, ernst über ihre Jahre. Sie merkte gar wohl, weshalb Walpurga plötzlich allseitig in Gnaden aufgenommen worden war.

Jetzt lächelte sie nur zu Walpurga hinüber. Da sagte diese bittend zu Franziska:

„Ach, lass mich lieber bei Margarete bleiben, ja? Du bist mir nicht böse, dass ich nicht zu Dir komme, aber ich hab' doch Margarete so lieb! Gelt, Du lässt mich bei ihr?"

Franziska erlaubte das gnädig und schenkte Walpurga dann sogar ein Stück Schokolade.

Da brachten denn auch die anderen allerhand für sie herbei, Leckereien und kleine Bildchen, was sich Kinder so schenken als Freundschaftsbeweise.

Walpurga saß dann, ziemlich aus dem Gleichgewicht gebracht, vor diesen Schätzen in ihrem Zimmerchen und sagte gerührt zu Margarete:

"Schau nur, was ich da alles bekommen habe. Kannst Du Dir das nur erklären, Margarete? Wie gut sie alle zu mir sind. Und ich habe sie für garstig gehalten. Vielleicht hat es doch nur an mir gelegen, ich war am Ende zu zornig. Sie haben es wohl nicht bös gemeint. Sonst wären sie doch jetzt nicht so gut zu mir, gelt?"

Margarete wollte ihrer kleinen Freundin nicht sagen, weshalb die Mädchen plötzlich vergessen hatten, dass Walpurga ein Bauernmädel war. Warum sollte sie ihr die

Freude trüben?! Jedenfalls war es gut, dass der Hader ein Ende nahm.

„Sie haben wohl ihr Unrecht eingesehen, Walpurga!" antwortete sie lächelnd.

„Ach Du, wenn sie nur morgen nicht wieder bös sind; es wäre ja zu schön, wenn sie immer so gut zu mir wären!" Walpurgas Befürchtung sollte indes nicht eintreffen. Mit einem Male war aus der Bauerndirne „des Königs Schützling" geworden. Alle bewarben sich um ihre Gunst und überboten sich an Gefälligkeiten und Liebenswürdigkeiten.

Walpurga freute sich sehr darüber und tat auch ihrerseits alles, das gute Einvernehmen zu erhalten. Sie hatte bald mehr Freundinnen, als sie sich wünschen konnte, und als man dann eines Tages das Märchenbuch mit des Königs Inschrift bei ihr liegen sah und diese Inschrift las, da wurde sie von allen Seiten bestürmt, zu erzählen, wie der König ihr dieses Buch geschenkt hatte. Walpurgas kleines, weiches Herz umfasste nun all ihre neuen Freundinnen mit gleicher Liebe, nur Margarete ging ihr noch über die anderen. Sie erzählte offenherzig alles, was die Kinder wissen wollten.

Jetzt waren es ja keine bösen, garstigen Kinder mehr, und jetzt konnte sie ihnen auch von ihrem geliebten König erzählen. Ei, da wurde nun das verachtete Försters Kind gar schnell eine gewichtige Persönlichkeit. Gar schnell fanden nun alle die kleine Walpurga reizend.

Da diese wirklich den neuen Freundinnen nun auch ihre liebenswürdigste Seite zeigte, so war es nicht etwa nur Heuchelei, wenn die anderen von ihr entzückt waren.

Walpurga wurde wirklich der Liebling des Instituts, und Frau Doktor lächelte oft vor sich hin, wenn sie von allen Seiten Walpurgas Namen rufen hörte und merkte, wie die Kinder ihr Verhalten so ganz geändert hatten.

Jedenfalls verschloss sich jetzt keine von den hochmütigen, kleinen Dingern mehr dem Zauber, den das liebliche, reichbegabte Naturkind auf sie ausübte.

Walpurga hatte nun alle Scheu verloren. Ihr lustiges Lachen klang erfrischend und ansteckend durch das Haus. Frau Doktor lauschte oft freudig diesem goldklaren Lachen, wenn sie über ihren Büchern saß.

Und sogar über das alte, faltige Gesicht der Mutter von Frau Doktor huschte ein Lächeln, wenn draußen auf dem Korridor Walpurgas Lachen ertönte.

„Nicht wahr, Betty, das war der kleine Schützling des Königs, der da eben lachte?" fragte die alte Dame dann, und Frau Doktor nickte liebreich ihrer Mutter zu und antwortete:

„Ja, Mutter, das war Walpurga. Gelt, man kann es verstehen, dass dem König das Herz warm wird, wenn er dies goldige Kinderlachen hört?"

„Ja, Betty, das ist ein Lachen, das Kranke gesund und alte Leute jung werden lässt!" entgegnete die Greisin.

Für Walpurga bekam nun das Leben im Institut ein ganz anderes Gesicht. Je länger sie hier war, umso besser gefiel es ihr.

Jetzt ging das Lernen noch einmal so gut. Spielend leicht wurde ihr alles, und ihre Lehrer waren des Lobes voll. Auch die Unsicherheit ihres Benehmens verlor sich sehr schnell. Ihre natürliche Grazie und Geschicklichkeit kam ihr dabei sehr zustatten.

Zu einem Urquell der Freude aber wurden Walpurga die Musikstunden. Es war ganz staunenswert, welche musikalische Begabung sich schon in den nächsten

Monaten bei ihr zeigte. Mühelos überwältigte sie die Schwierigkeiten des Anfängertums im Klavierspiel.

Es machte ihrem Lehrer selbst Freude, ihre Fortschritte zu beobachten. Auch er entdeckte gar bald ihre goldklare, schöne Stimme, und als Walpurga zu einer Schulfeier ein Lied sang vor versammelten Lehrern und Schülerinnen und einigen geladenen Gästen, da sagte ein vornehmer alter Herr zu Frau Dr. Moritz:

„Das ist ja eine entzückende kleine Nachtigall. In der Kehle dieses kleinen Mädchens schlummert ein großes Vermögen. Man muss diese Stimme hüten wie ein kostbares Kleinod. Denken Sie an mich, Frau Doktor, wenn diese Stimme eines Tages ihren ganzen Glanz entfalten wird, dann werde sie kranke Menschenherzen gesund machen können!"

Frau Doktor musste daran denken, dass ihre alte Mutter Ähnliches von Walpurgas Lachen gesagt hatte, und sie sah mit einem sinnenden, ernsten Blick zu Walpurga hinüber, die in entzückender Natürlichkeit und Unbefangenheit ihr Lied beendet hatte.

„Was wird Dein Schicksal sein, kleine Walpurga?" dachte sie bei sich.

13. Kapitel

Lehrjahre

Jahre vergingen.

Frau Doktor konnte Seiner Majestät gewissenhaft melden, dass Walpurga glänzende Fortschritte in allen Fächern, vor allem aber in der Musik mache, und dass sie die Musterschülerin des Instituts geworden war.

Was hatten diese Jahre aber auch aus Walpurga gemacht!

Alle ihre Mitschülerinnen schwärmten jetzt von ihr und waren stolz auf ihre Freundschaft.

Am innigsten war jedoch immer noch ihr Verhältnis zu Margarete, und niemand ging ihr von all den Mädchen über diese erste und beste Freundin.

Walpurga ging stets zu den Ferien nach Hause. Oft hatte sie Margarete wieder gebeten, sie während der Ferien ins Forsthaus zu begleiten. Margarete lehnte es jedoch stets in ihrer sanften, aber bestimmten Weise ab und sagte überzeugend:

„Es ist besser, ich begleite dich nicht, Walpurga. Erstens würde ich die anderen verletzen, die mich auch schon oft eingeladen haben, wenn ich mit dir ginge, zweitens haben dich deine Eltern so selten, dass du ihnen ganz gehören sollst, wenn du daheim bist, und drittens ist es wirklich besser, ich bleibe hier in meinem alten Fahrwasser!"

So musste sich Walpurga fügen.

Nach wie vor freute sie sich aber auf die Ferien daheim, denn da sah sie nicht nur all ihre Lieben wieder, sondern auch stets einige mal den König, dessen Interesse an Walpurga sich noch mit den Jahren zu steigern schien.

Stets überzeugte er sich von ihrem Wohlergehen und ihren Fortschritten persönlich. Und immer kam er Walpurga mit der gleichen Güte und Freundlichkeit entgegen.

War seine Stirn noch so düster, seine Miene noch so traurig, wenn er Walpurgas sonniges Gesicht sah und ihren lieben Plaudereien lauschte, dann flog ein Lächeln über seine Züge, und er vergaß auf kurze Zeit seine Sorgen.

In Walpurgas Herzen wuchs täglich die Liebe und Verehrung für ihren königlichen Beschützer, und sie betete inbrünstig für sein Wohlergehen, denn je älter sie wurde, umso mehr empfand sie, dass der König nicht glücklich war. Das tat ihrem weichen Herzen sehr weh.

Inzwischen war der Grundstein zu Schloss Neuschwanstein längst gelegt worden. Der König überzeugte sich fast täglich von dem Fortschreiten dieses imposanten Baues.

So wuchs das stolze Märchenschloss empor auf dem zur Pöllatschlucht abfallenden Felsrücken des Berzenkopfes.

Dies Wundergebilde einer königlichen Phantasie, das noch heute die Menschheit mit Staunen und Bewunderung erfüllt, wurde im romanischen Stil erbaut. Herrliche Säle mit wundervollen Wandgemälden entstanden, viel schöner und prächtiger noch als in Hohenschwangau.

Von Söllern und Altanen konnte man hinabsehen in den schwindelnden Abgrund, in dem sich die Pöllat zu Tal stürzt.

Sicher ist Schloss Neuschwanstein von all den Schlössern, die König Ludwig II. erbauen ließ, dasjenige, welches den höchsten Kunstwert hat. Es ist nicht das prunkvollste, aber das schönste dieser Schlösser.

Jedes Mal, wenn Walpurga in den Ferien zu Hause war, ging sie nach Neuschwanstein hinüber. Sie sah dies herrliche Schloss emporwachsen und empfand schrankenlose Bewunderung vor dem königlichen Geist, der dies Meisterwerk der Kunst erstehen ließ.

Oft plauderte sie dann mit dem König über das, was sie gesehen hatte, und ein Schauer der Ehrfurcht flog über sie hin, wenn der König dann von dem sprach, was er noch schaffen wollte. Sein Geist flog dann über Höhen und Tiefen, und er vergaß, dass er nur zu einem Kinde sprach.

Walpurgas große, leuchtende Augen verrieten auch, dass die diesem stolzen Gedankenfluge zu folgen vermochte, denn auch in diesem schlichten Kinde aus dem Volke schlummerte ein Geist, der über alle Unmöglichkeiten hinweg eine phantasievolle Brücke baute.

*   *

*

Als Walpurga fünf Jahre im Institut war, schlug für sie und Margarete die Trennungsstunde. Margarete war nun schon achtzehn Jahre und Walpurga über vierzehn Jahre alt.

Margaretes Oheim hatte seine Nichte, so lange es irgend anging, im Institut gelassen.

Nun hatte sich aber eine ihm befreundete Dame, Baronin Wetzlaff, erboten, Margarete in ihr Haus und unter ihre Fittiche zu nehmen und sie in die Gesellschaft einzuführen.

Margaretes Oheim war sehr froh, dass ihm auf diese Weise alle Unbequemlichkeiten und weitere Sorgen für das junge Mädchen erspart wurden. Er wollte ja sonst gern alles für seine Nichte tun, nur in seiner Freiheit sollte sie ihn nicht behindern.

So war denn alles abgemacht.

Margarete wurde von der Baronin Wetzlaff, einer lieben, freundlichen Dame, im Institut abgeholt. Die Freundinnen hatten unter heißen Tränen Abschied voneinander genommen und sich ewige Treue geschworen. Fest versprachen sie einander, sich oft zu schreiben und sich immer von ihren Ergehen Nachricht zu geben.

Die Trennung von Margarete kam Walpurga sehr schwer an. Sie konnte sich lange nicht daran gewöhnen, dass sie jetzt ihr Zimmer mit einer neuen, kleinen Schülerin teilte. Jetzt war sie die Zimmerälteste, denn ihre kleine Genossin war erst acht Jahre alt.

Dorothea, Franziska, Ella und Johanna waren auch schon aus dem Institut ausgetreten und zu ihren Eltern zurückgekehrt. Das waren nun alles schon junge Damen, die draußen in der Welt eine mehr oder minder glänzende Rolle spielten.

Jetzt waren von den alten Schülerinnen, die noch Walpurgas Einzug mit dem roten Röckchen und dem Wäschebündel erlebt hatten, nur noch Magda, Lena, Fifi und Martha im Institut.

Und ohne das es Walpurga beabsichtigt oder gewünscht hatte, war sie gewissermaßen die Tonangebende geworden, der sich alle willig unterordneten.

Walpurga führte aber freilich ein warmherzigeres, liebenswürdigeres Regiment als damals Franziska.

Gleich nach Margaretes Fortgang aus dem Institut starb die Mutter von Frau Doktor. Frau Doktor, der ganz besonderer Liebling Walpurga war, fand einen freundlichen Trost in ihrem Schmerz durch das junge Geschöpf.

Mademoiselle Leportier hatte sich inzwischen verheiratet, und eine andere französische Lehrerin war angestellt worden.

Miss Warrens bemühte sich mit Walpurga herzlich um die betrübte Frau Doktor, die sehr innig an ihrer Mutter gehangen hatte.

Schließlich bezog Miss Warrens das Zimmer, das die Verstorbene gewohnt hatte, damit sich Frau Doktor nicht so einsam fühlen sollte.

Walpurga war in diesen schweren Tagen ein rechter Trost für das ganze Institut. Ihr sonniger, warmer Humor, ihre lebensfrische Heiterkeit verscheuchten bald die trübe Stimmung. Sie gab auch nicht Ruhe, bis Frau Doktor wieder lachte.

Es war wunderbar, was für einen wohltätigen Zauber Walpurga auf alle Menschen ausübte. Solche Sonnenkinder sind ein Segen für die Menschheit.

Mit Margarete korrespondierte Walpurga fleißig. Margarete schrieb, dass sie sich wohl fühle im Haus der Baronin. Man gab dort dem verwaisten Kind sehr viel Liebe.

Und ein Jahr, nachdem Margarete das Institut verlassen hatte, schrieb sie Walpurga, dass sie sich mit dem Sohn der Baronin verlobt habe und sehr glücklich sei.

Walpurga freute sich sehr, dass ihre arme, verwaiste Margarete nun eine Heimat und ein Herz gefunden hatte.

Margaretes Hochzeit fand bald darauf statt, und sie bestand darauf, dass Walpurga wenigstens der Trauung in der Kirche beiwohnen sollte. Am Hochzeitsfest teilzunehmen, hatte Walpurga abgelehnt, weil sie noch zu jung war, um große Festlichkeiten mitzumachen.

Aber bei Walpurgas Musiklehrer hatte es Margarete durchgesetzt, dass die Freundin ihr in der Kirche das Brautlied singen durfte.

Die ganze glänzende Hochzeitsgesellschaft lauschte wie gebannt der klaren, süßen Mädchenstimme, die vom Chor herabsang:

„Wo du hingehst,
da will ich auch hingehen.“

Alle sahen sich ergriffen an, und die Braut weinte am Arm ihres jungen, stattlichen Gatten Tränen der Rührung.

Als man sich aber nach der Feier von allen Seiten nach der jungen Sängerin erkundigte und sie sehen wollte, da war diese längst mit Frau Dr. Moritz, die sie begleitet hatte, verschwunden.

Frau Dr. Moritz hatte vorausgesehen, dass Walpurgas Gesang Aufsehen erregen würde, und wollte nicht, dass man ihrem Zögling mit Schmeicheleien das Köpfchen verwirrte. Walpurga war noch zu jung, um ohne Schaden solche Schmeicheleien anzuhören. Ihre Unbefangenheit sollte nicht gestört werden.

Margarete aber schickte noch an demselben Tage ein kurzes Briefchen an Walpurga und ein hübsches, goldenes Armband. In dem Briefchen stand:

Meine herzliche Walpurga!

Du hast meinem Mann und mir durch deinen wunderschönen Gesang eine große, große Freude bereitet und unserem Hochzeitsfest eine besondere Weihe gegeben. Da du dich meinem Dank entzogen hast, muss ich ihn dir brieflich aussprechen. Zugleich nimm, auch im

Namen meines Mannes, den beifolgenden Armreif als Andenken und ein Zeichen unserer Dankbarkeit. Wenn du ihn trägst, denke an deine treue Freundin.

Sobald ich von meiner Hochzeitsreise zurück bin, besuche ich dich und Frau Doktor, der ich meine Grüße sende. Bis dahin auf Wiedersehen.

Deine glückliche Margarete.

Walpurga freute sich sehr über dies greifbar Andenken an ihre Freundin. Was diese jedoch von ihrem Gesang sagte, hielt sie für eine Artigkeit. Sie wusste ja selbst nicht, was sie für eine wunderschöne Stimme hatte.

Walpurgas Eltern sahen mit Stolz und freundlichem Erstaunen, zu welcher holden Mädchenblüte sich ihr lieber, lustiger Wildfang entwickelte.

Wohl war sie auch jetzt noch oft der alte Übermut, und wenn sie in den Ferien daheim war, tollte sie mit Tonerl um die Wette im Wald umher. Aber es lag doch auch in solchen Stunden eine maßvolle Grazie und liebliche Anmut über ihrem Wesen.

Kam jetzt der König ins Försterhäuschen, so rannte sie ihm nicht mehr mit einem hellen Jauchzer entgegen. Jetzt grüßten ihn ihre Augen mit dem aufstrahlenden Jubel und der verehrenden Dankbarkeit, wenn sie ihm artig ihren Gruß bot.

Aber diese Augen verrieten ihm genügsam, dass dies junge Herz in schrankenloser Liebe und Verehrung ihm entgegenschlug.

Walpurga wusste nun schon längst, wie man einen König anreden musste. Sie nannte ihn nicht mehr „Du" und „Herr König", sondern „Eure Majestät".

Aber sonst hatte sich wenig in ihrem Verhältnis zum König geändert. Noch immer lauschte er gern ihren herzigen, drolligen Plaudereien. Sie hatte nichts von der lebensfrischen Ursprünglichkeit ihres Wesens eingebüßt, und ihre sonnige Schelmerei verscheuchte noch immer die düsteren Wolken von der Stirn des Königs.

Während dieser Lehrjahre Walpurgas hatte der große Krieg zwischen Deutschland und Frankreich stattgefunden.

Walpurga hatte nach dem Friedensschluss die siegreichen Krieger in München einziehen sehen. In der nächsten Nähe ihres geliebten Königs hatte sie mit all ihren Institutsfreundinnen gestanden.

König Ludwig ließ die heimkehrenden Truppen an sich vorüberziehen, und an seiner Seite befand sich der Kronprinz des Deutschen Reiches, der spätere Kaiser Friedrich.

Walpurgas Blick hatte strahlend an ihrem König gehangen, und von diesem Blick angezogen, hatte der König Walpurga inmitten ihrer Freundinnen erblickt.

Ein Lächeln grüßte sie, und diesen stummen Gruß hatten auch ihre Freundinnen bemerkt.

Das sei es Ihnen gewesen, als sei auf sie alle ein Abglanz dieses Grußes gefallen, und von jenem Tag an war Walpurga vollends die Hauptperson des Instituts geworden.

Auch an Sepperl waren diese Jahre nicht spurlos vorübergegangen. Er war nun schon eine geraume Zeit in königlichen Diensten angestellt, und trotz seiner Jugend war er um die Person des Königs bemüht, dem er treu ergeben war.

Sehr stolz fühlte sich Sepperl, als er das erste Mal die Livree des Königs trug. Er zeige sich anstellig und geschickt, und der König war sehr zufrieden mit ihm.

Sobald Walpurga in den Ferien im Forsthaus war, kam auch Sepperl vom Schloss herüber, wenn es seine Zeit erlaubte. Zwischen ihm und Walpurga bestand noch immer das alte, geschwisterliche Verhältnis, und lustig kramten sie ihre gemeinsamen Erinnerungen aus.

Vor allem ihren Besuch im Schloss damals besprachen sie immer wieder mit leuchtenden Augen.

Sepperl neckte Walpurga damit, dass sie unbedingt hatte wollen ihre Schuhe ausziehen, und Walpurga hielt ihm dann lachend vor, wie er über den Teppich hin gestolpert und dann vor Schreck der Länge nach liegen geblieben war.

Die frohe, sorglose Kindheit vergaßen sie beide nicht, und Tonerl saß dann bei ihnen und hörte zu, wenn sie sich gegenseitig erzählten und einander fragten:

„Weißt Du noch?“

Der König und Wagner lauschten Walpurgas Gesang.

14. Kapitel

Eine Begegnung mit Richard Wagner

Walpurgas musikalischer Unterricht war in all den Jahren sorgfältig weitergeführt worden. Sie hatte große artige Fortschritte gemacht und beherrschte das Klavier, als sie fast sechzehn Jahre alt geworden, vollständig.

Ihr verständiger Musiklehrer hatte in all den Jahren ihre Stimme nicht außer Acht gelassen. Nie hatte er geduldet, dass sie ihre Stimme anstrengte.

Nun glaubte er jedoch, dass die Zeit gekommen war, wo man Walpurga regelmäßigen Gesangsunterricht geben konnte.

Er selbst fühlte sich nicht befugt, dieses kostbare Stimmmaterial zu bilden, und machte Frau Dr. Moritz darauf aufmerksam, dass es direkt eine Sünde wäre, wenn Walpurgas Stimme nicht künstlerisch ausgebildet würde. Die besten Lehrer seien gerade gut genug für sie.

Frau Dr. Moritz nahm sich vor, Seiner Majestät bei passender Gelegenheit diesen Ausspruch des Musiklehrers zu unterbreiten.

Sie dachte an den alten Herrn, der einst bei der Schulfeier gesagt hatte, dass Walpurga ein Vermögen in der Kehle habe.

Vorläufig standen nun aber erst die Sommerferien vor der Tür, und die wollte Frau Doktor erst noch vorüberlassen, ehe sie an den König schrieb.

Inzwischen hatten sich Richard Wagners Opern, mit Hilfe des Königs, mehr und mehr die Bühne erobert.

Die älteren Zöglinge des Instituts waren einige Mal in Frau Doktors Begleitung im königlichen Hoftheater gewesen und hatten Wagner-Opern gehört.

Auf diese Weise hatte Walpurga *Die Meistersinger*, *Lohengrin* und *Tannhäuser* gesehen.

Sie war wie im Traume aus dem Theater nach Hause gegangen. Ein Feuer der Begeisterung und des Entzückens hatte sie erfasst. Mit ihrem feinen, musikalischen Gehör hatte sie sich die meisten Melodien eingeprägt und sang sie leise vor sich hin, wenn sie allein war. Und dann war es ihr selbst, als stände sie als Evchen, oder als Elisa, oder als Elisabeth auf der Bühne.

Instinktiv ahmte sie die Bewegungen der Sänge rinnen nach, und wenn man sie anrief, schrak sie empor wie aus einem Traume.

Wie gern hätte sie einmal laut dieser herrlichen Weisen herausgejubelt im Feuer der Begeisterung. Aber im Institut wagte sie das nicht.

Nun kamen aber die Sommerferien, und daheim in ihrem geliebten Wald, nur Bäume und Himmel über sich und um sich, da sang sie jauchzend die erlauschten Weisen.

Es war der Sommer des Jahres 1876.

Walpurgas Erziehung im Institut war nun fast vollendet. Bis zum Oktober sollte sie noch im Pensionat bleiben. Es waren also die letzten Ferien, die Walpurga verlebte.

König Ludwig wohnte auf seinem neuen Schloss Neuschwanstein, und Richard Wagner war dort eingetroffen, um noch mal allerlei mit seinem mächtigen Freund und Gönner zu besprechen. Auch wollte er den König bitten, persönlich den Vorstellungen beizuwohnen.

König Ludwig hatte in den letzten Jahren fast nur Sondervorstellungen für sich aufführen lassen. Und Richard Wagner fürchtete, dass der König den geplanten Nibelungen-Aufführungen fernbleiben würde.

Da diese Ausführungen nicht nur von dem Deutschen Kaiser, sondern auch von vielen anderen Fürsten besucht werden sollten, wäre es Richard Wagner schmerzlich gewesen, wenn sein königlicher Freund, dem er so unendlich viel zu danken hatte, sein Erscheinen nicht zugesagt hätte.

Richard Wagner kannte genugsam König Ludwigs Scheu vor öffentlichen Veranstaltungen, und so wollte er ihm persönlich seine Bitte vortragen.

Und König Ludwig brachte es denn auch nicht fertig, dem verehrten Meister seine Bitte abzuschlagen. Er sagte sein Erscheinen fest zu.

Sehr froh war Richard Wagner über diese Zusage, und der König freute sich, dass er wieder einmal seinen Freund einige Stunden für sich allein hatte.

Am Nachmittag unternahmen die beiden Herren einen Waldspaziergang.

Zu gleicher Zeit hielt sich aber auch Walpurga im Wald auf. Sie war immer glückselig, wenn sie in den Ferien so ungebunden im Walde umherstreifen konnte. Am liebsten ging sie nach Neuschwanstein hinüber, weil sie sich da ihrem königlichen Wohltäter am nächsten befand.

Walpurga war nun ein hübsches und hebreizendes Mädchen geworden und sah ganz so aus, wie eine vornehme, junge Dame. Nur war ihr Wesen bei aller Anmut und Grazie ganz natürlich und ungeziert geblieben, und nichts vermag einem jungen Mädchen besser anzustehen als ein natürliches, wahrhaftes Wesen. Walpurgas schöne, blaue Augen lachten rein und unschuldsvoll in die schöne Welt. Noch immer woben die goldenen Löckchen einen richtigen Heiligenschein um ihr junges Haupt. Die dicken, schweren Zöpfe waren an mutig aufgesteckt und bedeckten den ganzen Hinterkopf.

Sie trug ein schlichtes, aber sehr hübsches, weißes Kleidchen mit einem breiten Gürtel, und ihre jugendkräftige, schlanke Gestalt sah reizend darin aus.

Glückselig schritt sie dahin auf dem weichen Waldboden und summte ein Liedchen vor sich hin.

Dann erblickte sie durch eine Waldlichtung Schloss Neuschwanstein. Da erfasste sie plötzlich eine seltsame Stimmung. Sie vergaß sich selbst und alles um sich her. Nur das Schloss sah sie im Sonnenschein vor sich liegen.

Neuschwanstein und die Wartburg verbanden sich in ihrer Phantasie. Sie versetzte sich in die Zeit der Minnesänger zurück. Wie die Elisabeth aus dem *Tannhäuser* kam sie sich vor, und plötzlich kam es über sie mit unbezwinglicher Lust.

Mit einem Jauchzer sprang sie auf einen mächtigen abgeschlagenen Baumstumpf und bildete sich nun ein, dass sie auf einer Bühne stehe.

Ihr Herz erglühte in künstlerischer Begeisterung, und unwillkürlich die der Sängerin der Elisabeth abgelauschten Bewegungen nachahmend, sang sie, ihre ganze volle Stimme einsetzend, mit jubelnder Lust das Lied der Elisabeth:

„Dich, teure Halle, grüß ich wieder."

Voll und rein, in wunderbarer Schönheit kamen die Töne über ihre Lippen, und mit einem so hinreißend beseelten Ausdruck, wie er nur Künstler gegeben ist.

Auf ihren jungen Zügen lag ein Abglanz ihres Emp-
findens, sie sah wunderbar schön aus in dieser Stunde
und schien um Jahre gereift.

König Ludwig und Richard Wagner waren auf ihrem
Spaziergang unbemerkt in Walpurgas nächste Nähe gekommen. Die beiden Herren erblickten die jugendliche
Sängerin erst in dem Augenblick, als ihr Lied jubelnd
einsetzte. Wie gebannt blieben beide stehen und lauschten atemlos.

Sie bemerkte erstmal nicht, dass sie zwei aufmerk-
same Zuhörer hatte.

Richard Wagner glaubte zuerst, der König habe ihm
eine sinnige Überraschung bereitet und eine Sängerin
beauftragt, ihn in dieser Weise im Wald zu begrüßen.

Als er aber sah, dass der König selbst aufs Äußerste
überrascht war und erstaunt nach der jugendlichen Elisabeth hinübersah, merkte er, dass er einem Zufall diesen
Genuss zu verdanken hatte.

Entzückt lauschend traten die beiden Herren leise
noch etwas näher heran und weideten ihre Augen an
Walpurgas lichter, reizender Erscheinung, an ihren an-
mutigen, ganz der Stimmung angemessenen Bewegungen.

„Das ist ja wundervoll, ganz wundervoll!", flüsterte
Richard Wagner dem König zu, und dieser nickte mit einem seltsam ergriffenen Ausdruck im Gesicht.

Richard Wagner war außer sich vor Entzücken über
die goldklare, quellfrische Stimme und dem trotz man-
gelhafter Schulung genialen Vortrag.

Gleich dem König lehnte er, in Andacht versunken,
an einem Baum und lauschte, bis der letzte Ton verklun-
gen war und Walpurga die Arme wie zum Gruß nach

Neuschwanstein ausbreitend, von ihrem „Podium" zur Erde sprang.

Gleich darauf erblickte sie plötzlich die beiden reglosen Gestalten und erkannte den König.

Die Züge des anderen Herrn kamen ihr auch bekannt vor. Sie hatte wohl schon Richard Wagners Bild gesehen, erkannte ihn jedoch nicht gleich.

Dunkelrot vor Verlegenheit stand sie bestürzt vor den beiden Herren, die sie lächelnd betrachteten. Kein einziges Wort brachte sie vor Schreck hervor.

Da richtete sich der König empor und trat auf sie zu.

„Grüß Gott, Walpurga! Nun, bist du mit einem Mal verstummt? Hast doch eben noch so schön gesungen!"

Nachdem der Schrecken überwunden war, fasste sich Walpurga schnell, und mit einem sonnigen Lächeln zu dem König aufsehend, machte sie einen tiefen Knicks, fasste dann die ihr gebotene Hand und drückte ihre Lippen darauf.

„Grüß Gott, Eure Majestät. Ich hab' nicht gewusst, dass Eure Majestät im Walde waren, sonst hätt' ich nicht so viel Lärm gemacht!", sagte sie lachend.

Der König lachte auch.

„Nun, solchen Lärm kann man sich wohl gefallen lassen. Gut getroffen hast du's mit deinem Lied. Das war wie ein Gruß für meinen verehrten Freund Richard Wagner, der hier vor dir steht und dessen schönes Lied du gesungen hast."

Walpurga blickte zu Richard Wagner hinüber und voll Schrecken und Bestürzung drückte sie die Hände ans Herz, als sie dessen Augen so klar und durchdringend auf sich gerichtet fühlte.

„O du mein liebes Herrgottel!", rief sie im Ton ihrer Kinderjahre fassungslos.

„Nun, nun, warum erschrickst du so, Walpurga?", fragte der König lächelnd.

„Er wird sehr böse sein, der gnädige Herr, dass ich sein schönes Lied hier im Wald so schlecht gesungen habe", sagte sie beklommen.

Da trat der Meister auf sie zu und fasste ihre Hand.

„Nicht böse bin ich, liebliche Waldfee, aber entzückt, ganz entzückt. Sehr schön haben Sie gesungen!", rief er lebhaft.

Walpurga errötete von neuem.

„Ach, Sie treiben Ihren Scherz mit mir, gnädiger Herr! Gewiss hab' ich sehr viele Fehler gemacht. Ich hab' das Lied nur aus dem Gedächtnis gesungen, so wie ich's mir aus der Oper gemerkt habe. Es war nicht recht von mir; ich bitte vielmals um Entschuldigung!"

Wagner sah Walpurga seltsam an.

„Aus dem Gedächtnis haben Sie das so ohne weiteres gesungen?"

„Ja, gewiss. Es war sicher falsch?"

Wagner strich langsam mit der Hand über das Kinn und ließ seine Augen nicht von Walpurga. Ohne auf ihre Frage zu antworten, sagte er dann lächelnd:

„Erst möchte ich wissen, wie ich die Waldfee mit Namen nennen darf."

„Ah, richtig, lieber Meister, ich habe die Vorstellung nur einseitig besorgt", sagte der König, sich lächelnd an Walpurgas Verwirrung weidend. Gar so hold und lieblich sah sie aus mit den angstvoll niedergeschlagenen Augen. „Also dies ist Walpurga Malwinger, Förster Malwingers Töchterlein, und mein kleiner Schützling und Sorgenbrecher, von dem ich Ihnen wohl schon erzählt habe."

Richard Wagner verneigte sich dankend.

„Eure Majestät haben mir in der Tat von dieser jungen Dame erzählt. Ich glaubte freilich, es handle sich um ein Kind!"

„Ja, ja, Walpurga ist überraschend schnell eine junge Dame geworden. Doch ist sie noch nicht sechzehn Jahre alt und sieht bedeutend erwachsener aus, als sie ist. Jedenfalls besuchst sie die Schule noch."

Wieder verneigte sich der Meister, und dann sagte er schnell zu Walpurga:

„Wollen Sie mir eine große Bitte erfüllen, kleines Fräulein?"

Walpurga blickte lebhaft auf.

„Jede, ohne Bedenken, gnädiger Herr, wenn Sie mir nur nicht böse sein wollen", sagte sie rasch.

„Nun, nun, so bedingungslos würde ich nichts versprechen!", scherzte der Meister. „Also ich bitte Sie, mir noch einmal das Lied der Elisabeth vorzusingen, ganz so wie vorhin. – Eure Majestät gestatten gnädigst?"

Walpurga sah unschlüssig zu dem König auf.

„Der Herr treibt wohl nur seinen Scherz mit mir", sagte sie leise.

„Nein, nein. Singe nur, Waldvögelein, so hell und laut du kannst! Wir hören dir gern zu", sagte der König ermunternd.

Da strich sich Walpurga das goldene Haar aus der heißen Stirn und trat zögernd einige Schritte zurück.

Leise und unsicher setzte sie ein. Aber schon nach den ersten Tönen vergaß sie alles um sich her. Die Begeisterung riss sie wieder fort, und jubelnd sang sie ihr Lied zu Ende. Der König und Richard Wagner lehnten an einem Baum und lauschten versunken den goldklaren Tönen, die leicht und mühelos aus Walpurgas Brust emporstiegen.

Richard Wagner schloss die Augen. Es ging ein eigener Reiz aus von diesen etwas kunstlosen und doch reinen Tönen und von der naiven Auffassung der Sängerin.

Als Walpurga geendet hatte, richtete sich der Meister auf und trat, ihre Hand fassend, auf sie zu.

„Kind, haben Sie das wirklich so aus sich selbst heraus gesungen? Haben Sie noch keinen Gesangsunterricht gehabt?", fragte er staunend.

Walpurga schüttelte den Kopf.

„Mein Musiklehrer erlaubte es nicht. Er sagte, vor meinem sechzehnten Jahre dürfe ich nicht damit anfangen", erwiderte sie.

Der Meister nickte energisch.

„Das ist ein kluger Mann, Ihr Musiklehrer. Aber ich bin erstaunt und entzückt, dass Sie diese schwierige Arie so ohne weiteres nachsingen können", sagte er noch ganz begeistert.

Und sich an den König wendend, fuhr Wagner ernst und dringend:

„Majestät, das Kind ist ein kleines Genie, es muss zur Bühne. Diese kleine Walpurga hat den künstlerischen Funken in sich, und die Stimme ist von einem Umfang, der bei einem so jungen Mädchen erstaunlich ist. Aus der kleinen Walpurga wird noch einmal eine sehr große, berühmte Walpurga werden, wenn sie in die richtigen Hände kommt. Und dafür will ich sorgen. Eine solche junge Kraft, die eine ideale Vertreterin meiner Heldinnen zu werden verspricht, darf ich mir nicht entgehen lassen. Eure Majestät müssen mir behilflich sein, dieses Talent für die Bühne zu gewinnen; ich bitte ganz ergebenst darum!"

Der König nickte sinnend.

„Ich habe wohl manchmal schon gedacht, dass Walpurgas Stimme ausgebildet werden müsse. Ihre musikalische Begabung erkannte ich schon vor vielen Jahren, als sie mir ein schlichtes Weihnachtslied sang. Gleich darauf habe ich Sorge dafür getragen, dass sie einen sorgfältigen Musikunterricht bekam.

Da ich ohnedies noch nicht schlüssig war, wie sich Walpurgas Zukunft, nachdem sie das Institut verlassen wird, weiter gestalten soll, ist es mir sehr wertvoll, liebster Meister, dass Sie das Kind zufällig gehört haben. Oder war es kein Zufall – war es ein Wink des Schicksals? Ihr Wunsch, lieber Meister, kann vielleicht in Erfüllung gehen. Aber erst wollen wir doch einmal hören, was Walpurga selbst dazu sagt. Sprich, Waldvöglein, was sagst du zu Meister Wagners Vorschlag?"

Walpurga hatte wie bezaubert dagestanden. Was bisher unbewusst in ihr geschlummert hatte, das erwachte jetzt in ihrer Brust.

Die künstlerische Sehnsucht nach der Bühne erfasste sie plötzlich mit Gewalt. Es war, als wüchse ihre schlanke Gestalt empor. Aus ihren Augen brach ein edles Feuer, und ein unbeschreiblicher Adel gab dem kindlichen Gesicht ein gereifteres Aussehen.

Mit einem tiefen Atemzug sagte sie:

„Ist es denn wirklich wahr, könnte ich Opernsängerin werden, reichte meine Stimme dazu aus?"

Der Meister nickte lebhaft.

„Dafür stehe ich ein", sagte er bestimmt.

Da drückte Walpurga die Hände aufs Herz und sah vor sich hin, als läge das gelobte Land offen vor ihren Blicken.

„Oh, dann sage ich ja, tausendmal ja!", rief sie begeistert.

„Und was werden deine Eltern dazu sagen?", fragte der König. Walpurga lächelte.

„Oh, meine Eltern wollen nur mein Glück!", erwiderte sie vertrauensvoll.

„Wenn Eure Majestät bei den Eltern der jungen Dame ein Wort dafür einlegen wollen?", bat Richard Wagner dringend.

Der König neigte mit der ihm eigenen königlichen Anmut und Liebenswürdigkeit das schöne Haupt.

„So lassen Sie uns jetzt Walpurga nach Hause begleiten und mit ihren Eltern sprechen!", erklärte er entschlossen.

Meister Wagner war damit einverstanden, und so schritten die drei durch den Wald nach dem Forsthaus.

Unterwegs fand Walpurga ihre Munterkeit wieder.

Richard Wagner war ganz entzückt von diesem reizenden, quellfrischen Persönchen, und der König wurde so heiter und angeregt wie seit langer Zeit nicht mehr.

In froher Stimmung kam man im Forsthaus an.

Der Förster und die Försterin waren ganz benommen, als ihnen der König alles erklärte und sie um ihre Einwilligung bat, dass er Walpurga als Opernsängerin ausbilden lassen durfte.

Auch Richard Wagner sprach lebhaft auf die braven, schlichten Leute ein, und sagte ihnen, dass er sich für eine glänzende und ruhmvolle Laufbahn ihres Kindes verbürge.

Als sie nun gar Walpurga Vater und Mutter in die Arme warf und innig flehte:

„Erlaubt es nur, liebes Mutterl, liebes Vaterl, ich fühl' ja hier drinnen in meinem Herzen, dass es mich zur Bühne treibt. Immer ist es schon in mir gewesen, nur gewusst hab' ich's nicht, bis ich vorhin hörte, dass es möglich wäre. Da war es mit einem Mal licht und klar in mir, und ich weiß nun ganz sicher, auf diesem Weg liegt mein ganzes Lebensglück. Ihr habt mich lieb und werdet es mir nicht wehren."

Da war es vorbei mit allen Bedenken. War doch ihr Burgerl ohnedies herausgewachsen aus dem engen Kreis, in den sie ihre Geburt gestellt hatte.

Der König hatte ihr Schicksal in seine Hände genommen, mochte er es nun auch zu einem hoffentlich glücklichen Ausgang führen.

So willigten sie ein.

Meister Wagner war sehr froh, dass alles so glatt ging. Er erbot sich nun, selbst die passenden Lehrer für Walpurga auszusuchen und die Oberleitung über ihre Ausbildung selbst zu behalten.

Der König erklärte großmütig, dass keine Kosten gescheut werden sollten.

Walpurga war wie in einem Rausch des Entzückens und wusste nicht, wie sie ihrem Glück Ausdruck geben sollte.

Sie küsste dem König wieder und wieder in aufwallender Dankbarkeit die Hand, umarmte Vater und Mutter und gab Meister Wagner bereitwillig Antwort auf alle Fragen, die er in Bezug auf Musik an sie richtete.

Es wurde nun sogleich beschlossen, dass Richard Wagner alles vorbereiten sollte, so dass Walpurga sofort, nachdem sie ihren Institutsunterricht abgeschlossen hatte, mit den Gesangsstudien beginnen konnte.

Es durfte kein Tag länger als nötig nutzlos verrinnen, denn Walpurga sollte eine gründliche Ausbildung erhalten und erst als fertige Künstlerin die Bühne betreten.

Walpurga erzählte dann noch von ihren Theaterbesuchen, und welch unauslöschlichen, erhebenden Eindruck ihr die Wagner-Opern gemacht hatten.

Einzelne Szenen schilderte sie daraus, und wenn sie etwas genauer beschreiben wollte, dann sang sie gleich irgend eine Stelle aus dem Gedächtnis vor und ahmte dabei Wesen und Bewegungen der Sänger und Sängerinnen so geschickt nach, dass der König und Richard Wagner sich schweigend zunickten, als wollten sie sagen: „Ja, es wäre eine Sünde, dieses gottbegnadete Talent ungenutzt verkümmern zu lassen!"

Ehe sich der König dann mit dem Meister verabschiedete, lud der letztere Walpurga noch ein, der Aufführung des Nibelungen-Zyklus in Bayreuth beizuwohnen.

„Und da geben Sie fein acht, Kindchen, lernen müssen Sie von jetzt an mit jedem Atemzug!" sagte er eifrig. Der König bestimmte dann in seiner gütigen Weise, dass Walpurga mit Frau Dr. Moritz zusammen nach Bayreuth reisen sollte. Die Nibelungen-Aufführungen fielen in die letzten Ferienwochen und so ließ sich das gut einrichten.

Walpurga dankte mit überströmender Innigkeit ihrem geliebten König.

„Eurer Majestät hab' ich schon so unendlich viel zu danken; nie, niemals werde ich diese Dankesschuld abtragen können!" sagte sie bewegt.

Der König streichelte sanft über ihr goldiges Haar.

„Lass uns nicht abwägen, wer von uns beiden dankbarer sein muss. Siehst Du, Sonnenscheinchen, ich habe ja immer schon gefühlt, dass etwas Besonderes in Dir steht!" sagte er freundlich.

Da sah ihn Walpurga strahlend an.

„Alles Gute und Schöne kommt mir von Eurer Majestät. Wenn ich Eurer Majestät doch nur einmal beweisen könnte, wie mein Herz von Eurer Majestät Güte erfüllt ist!"

Da winkte aber der König hastig ab und entzog sich ihrem Danke.

„Kind," sagte er ernst, ich weiß ja nicht, ob Du glücklicher sein wirst, wenn Du als berühmte Sängerin Deinen Beruf erfüllst. Dieser Beruf ist nicht ohne Dornen, und auf der Menschheit Höhen ist es oft kalt und öde. Je höher Du steigst, je mehr wirst Du das empfinden. Aber, Deine Kunst wird Dich, wenn sie Dir heilig ist, über alles hinwegtragen!"

Es lag der alte, düster melancholische Blick in seinen Augen, der Walpurga immer das Herz bedrückte. Er wusste ja von sich selbst, wie einsam und unglücklich der Mensch auf den höchsten Höhen des Lebens sein kann.

Und plötzlich kam ihm ein Zweifel, ob er wohl wirklich Walpurgas Glück begründet hatte, als er sie aus dem Boden verpflanzte, dem sie entsprossen war.

„Meine Kunst soll mir heilig sein, Majestät. Ich fühle, dass ich nur Glück und Befriedigung finden werde, wenn ich sie ausüben darf!" antwortete Walpurga mit leuchtendem Blick.

Dieser Blick sagte dem König, dass er dennoch recht getan habe. Dem Genius wachsen Schwingen, und Walpurga wäre vielleicht auch ohne sein Zutun auf diesen Weg gelangt, wenn er dann auch mühseliger zu gehen gewesen wäre. So konnte er ihr wenigstens diesen Weg ebnen.

Gleich darauf verließen die beiden Herren das Haus. Unterwegs machte Richard Wagner seinem Entzücken

über diese Entdeckung erst richtig Luft, und der König
freute sich sichtlich, dass er so begeistert von Walpurga
sprach.

15. Kapitel

Der Besuch in Bayreuth

Walpurgas Ferienaufenthalt daheim musste nun etwas abgekürzt werden, da sie mit Frau Doktor nach Bayreuth reisen sollte.

Die Eltern ließen sie nur ungern früher fort, aber sie wollten ihrem Kinde doch die Freude nicht trüben.

Und Walpurga freute sich unsagbar auf den Nibelungen-Zyklus. Ihr ganzes Wesen schien überhaupt wie beschwingt, seit Richard Wagner in ihr Schicksal eingegriffen hatte.

Sie konnte nun kaum die Zeit erwarten, bis sie mit ihren Gesangsstudien beginnen konnte.

An Frau Dr. Moritz hatte sie gleich, nachdem der König und Richard Wagner ihr Elternhaus verlassen hatten, geschrieben und ihr mitgeteilt, dass sie nach Bayreuth reisen sollten.

Frau Doktor war eine große Wagnerschwärmerin und freute sich nicht wenig auf diese Aufführungen. Als nun Walpurga im Institut eingetroffen war und Frau Doktor mit leuchtenden Augen erzählt hatte, wie der König und Richard Wagner über ihre Zukunft bestimmt hatten, da sagte diese lächelnd:

„Liebes Kind, so hat sich von selbst gefügt, was ich dem König als Bitte vortragen wollte. Dein Musiklehrer hat es mir zur Pflicht gemacht, Seine Majestät darum zu bitten, dass er Dich zur Sängerin ausbilden lassen möchte. Auch ich selbst habe mir schon oft gedacht, dass

Du zur Künstlerin geboren bist. Ich kenne Dich ja nun so lange Jahre und kann mir wohl ein Urteil darüber erlauben.

Und das sich der berühmte Richard Wagner selbst für Dich verwendet, beweist mir, dass Dir wirklich eine große Zukunft beschieden ist. Möge Dir auch eine glückliche zuteilwerden. Ich wünsche Dir von Herzen alles Gute, denn Du verdienst es!"

Die beiden Damen rüsteten sich nun freudig zur Reise nach Bayreuth.

Frau Dr. Moritz war nicht minder erwartungsvoll als Walpurga. Sie konnte ja noch mehr als diese ermessen, welche Auszeichnung ihnen zuteilwurde. Tausende mussten auf die Teilnahme an diesem großen künstlerischen Ereignis verzichten, weil nur der kleinste Teil aller, die sich darum bemühten, Einlass zu diesen Vorstellungen finden konnte.

Es waren unvergessliche Tage für Walpurga sowohl wie für alle, die diese Erstaufführung des Nibelungen-Zyklus erleben durften.

Eine glänzende Gesellschaft war in Bayreuth versammelt. Der Deutsche Kaiser, König Ludwig und viele andere Fürsten, eine Menge berühmter Leute und die Abgesandten der hervorragendsten deutschen Zeitungen waren anwesend. Und alle diese Menschen waren sich bewusst, etwas Großes zu erleben.

Walpurga saß wie im Traum, wie in eine andere Welt versetzt neben Frau Dr. Moritz im Zuschauerraum.

So erregt umklammerte sie immer wieder den Arm ihrer Begleiterin, dass diese ihr leise beruhigend die Hand streichelte, obwohl sie selbst sehr erregt war.

Walpurgas Seele schwelgte in den herrlichen Tönen und im Geist sah sie sich schon selber da oben auf der

Bühne stehen und die Idealgestalten des großen Meisters verkörpern.

Nach den Aktschlüssen saß sie stumm und regungslos und blickte mit Tränen in den Augen zu ihrem geliebten König empor. Und es tat ihr weh wie ein körperlicher Schmerz, dass er traurig und leidend aussah.

König Ludwig hatte inzwischen sein Schloss Chiemsee zum Aufenthalt gewählt und war von Chiemsee nach Bayreuth gekommen. Er wohnte in dem Lustschloss Eremitage. Ganz still und ohne Gefolge war er eingetroffen.

Es kostete ihn große Überwindung, sich all den fremden Menschen zu zeigen. Aber er hatte seinem Freunde Wagner sein Wort gegeben, und das musste er halten. Die stürmischen Ovationen, die ihm, dem königlichen Freunde und großmütigen Förderer Wagners, von der begeisterten Menge dargebracht wurden, quälten ihn unsagbar.

Walpurga sah, wie es in seinen Zügen zuckte, sie wusste, dass er Schmerzen litt. Das füllte ihr junges Herz mit bitterem Weh.

Am liebsten wäre sie an seine Seite geeilt und hätte ihn getröstet, ihm allerlei vorgeplaudert, bis er wieder heiter wurde. Noch nie hatte ja dies Heilmittel versagt.

Aber sie durfte das natürlich nicht tun. Hier in der großen Versammlung fühlte sie erst so recht, wie hoch der König über dem schlichten Försters Kind stand. Gleich nach der letzten Vorstellung war König Ludwig still und klanglos abgereist und nach Schloss Chiemsee zurückgekehrt.

Walpurga hatte noch einen letzten Blick, einen unmerkbaren Gruß von ihm erhascht, und in ihre schwärmerische Begeisterung für das erhabene Werk, das sie hatte sehen dürfen, mischte sich eine stille Betrübnis, weil sie den geliebten König leidend und traurig wusste. Sie liebte und verehrte ihn so sehr und litt mit ihm.

Zum Glück wusste Walpurga nicht, wie ernst und schwer das Leiden des Königs war, sie hätte sonst nicht Ruhe gefunden.

Bis in das Innerste ihres Wesens erschüttert von all dem Großen und Schönen, was sie gehört und gesehen hatte, kehrte Walpurga nach München zurück. Auch Frau Dr. Moritz war noch ganz erfüllt von dem Genuss, der sich ihr geboten hatte.

Es war gut für die beiden Damen, dass die Schule sofort begann und ihre Pflichten ihnen wieder das Gleichgewicht zurückgaben.

Gleich in den ersten Tagen, an einem Sonntagvormittag, besuchte Margarete, die jetzige Baronin Wetzlaff, ihre Freundin Walpurga.

Diese erzählte ihr mit glühender Beredsamkeit von den Bayreuther Festspielen und eröffnete ihr, welchen Wendepunkt nächstens ihr Leben nehmen werde. Margarete hörte ihr mit ihrem lieben, alten Lächeln zu und sagte dann freundlich: „Vielleicht ist das der rechte Weg für Dich, Walpurga. Für ein Ausnahmewesen hab' ich dich schon immer gehalten, und wenn ich bedenke, wie dein Gesang bei meiner Hochzeitsfeier in der Kirche auf uns alle gewirkt, wie er uns das Herz tief bewegt hat, dann glaube ich fest und bestimmt, dass du zu Großem berufen bist. Ich werde immer mit großer Teilnahme deinen Weg verfolgen!"

„Wirst Du auch meine Freundin bleiben, wenn ich Opernfängerin geworden bin, Margarete?" fragte Walpurga ernst.

Margarete küsste sie herzlich.

„Es wäre sehr schlecht um meine Freundschaft bestellt, wollte sie sich durch Äußerlichkeiten beeinflussen lassen. Bleib' du nur immer du selbst, werde dir selbst nicht untreu, dann werde ich es ganz gewiss auch nicht!"

Margarete lud Walpurga und Frau Doktor ein, sie in ihrer Wohnung zu besuchen.

Und am nächsten Sonntag schon folgten die beiden dieser Einladung.

Margarete zeigte ihnen mit reizender, hausfraulicher Würde ihre schöne, vornehm ausgestattete Wohnung, und bestand darauf, dass die beiden Damen zu Tisch blieben, damit sie dieselben mit ihrem jungen Gatten bekannt machen konnte.

Baron Wetzlaff, ein stattlicher, schlanker Herr von etwa dreißig Jahren, mit einem sympathischen Gesicht und lebhaftem, heiteren Wesen, kam dann auch kurz vor Tisch von einem Ausgang nach Hause zurück und begrüßte Frau Doktor sehr artig, Walpurga jedoch gleich mit einem lachenden Gesicht.

„Von Ihnen hat mir meine Frau schon so viel erzählt, mein gnädiges Fräulein, dass sie mir gar nicht fremd sind. Und ihre schöne Stimme hab' ich ja auch schon gehört in der Kirche. Es freut mich sehr, Sie kennen zu lernen von Angesicht zu Angesicht!"

Walpurga sah ihm mit ihren klaren, blauen Augen froh ins Gesicht.

„Ich freue mich auch, Herr Baron!" antwortete sie schlicht, und sie freute sich, dass ihr der Mann ihrer besten Freundin einen so günstigen Eindruck machte.

Als sie sah, wie liebevoll er seine junge Frau ansah und wie er um sie besorgt war, da war sie ganz glücklich, denn sie wusste nun, dass Margaretes sonnenlose Kindheit im Glück ihrer Ehe bald vergessen sein würde.

Erst am späten Nachmittag ließ Margarete die beiden Damen wieder fort, und sie mussten versprechen, bald einmal wiederzukommen. Als das junge Ehepaar allein war, sagte der Baron lächelnd zu seiner Frau:

„Deine Freundin Walpurga ist wirklich ein lieber, kleiner Schelm. Ich glaube Dir, dass sie Dir oft ein Trost gewesen ist, als Du so einsam im Institut hausen musstest. Übrigens merkt man ihr in keiner Weise an, dass sie ein schlichtes Kind aus dem Volke ist. Sie würde manche Aristokratin in den Schatten stellen!"

„Weil sie den Adel des Herzens besitzt; der ist wertvoller als der Geburtsadel und gibt immer dem Menschen ein edles Gepräge, gleichviel aus welchen Kreisen er stammt. Ich habe sie sehr lieb, meine kleine Walpurga, und möchte sie nie verlieren!"

155

16. Kapitel

Nach der Schule

Schon ehe Walpurgas Institutszeit vorüber war, hatte Richard Wagner alle Schritte getan, damit sie die Gesangstudien sofort beginnen konnte.

Da sie in München selbst studieren sollte, war Frau Dr. Moritz gern bereit, Walpurga bei sich zu behalten. Sie bekam das Zimmer, in dem früher die Mutter der Frau Doktor und zuletzt Miss Warrens gewohnt hatte.

Dieses Zimmer lag so, dass weder Walpurga noch die anderen Schülerinnen gestört werden konnten.

Walpurga war sehr froh, dass sie bleiben durfte. Es stürmte nun ohnedies so viel Neues auf sie ein, dass sie wohl leicht aus dem Gleichgewicht gekommen wäre, wenn sie Frau Doktor nicht gehabt hätte, die sie wie eine Tochter liebte.

Frau Dr. Moritz ging ohnehin mit dem Gedanken um, ihr Institut zu verkaufen und sich zur Ruhe zu setzen. Es war ihr eine angenehme Aussicht, später, wenn Walpurga ihre Studien beendet haben würde, diese als Anstandsdame in ein neues Leben zu begleiten.

Walpurga griff diesen Gedanken freudig auf, sie sagte:

„Ach, liebe Frau Doktor, wenn sich das verwirklichen ließ, wie dankbar wäre ich Ihnen sein. Und welch eine Beruhigung wäre das für meine lieben Eltern, die sich noch gar nicht in den Gedanken finden können, dass ich zur Bühne gehen will. Aber solch ein großes Opfer darf ich doch gar nicht von Ihnen annehmen!"

„Ach, Kindchen, ein Opfer wird das nicht sein. Ich bin es nun allmählich müde geworden, fremde Kinder zu erziehen. Eigene Kinder habe ich nicht. Soll ich mich noch weiter für meine lachenden, Erben plagen, Menschen, die mir ziemlich fernstehen? Von allen Menschen, die mir nähergetreten sind, ist mir Königs Ludwigs Sonnenschein der liebste, denn du bist auch mir, öfter als du selbst weißt, zum Sonnenstrahl geworden. Ich möchte mich nicht von dir trennen, wenn es nicht unbedingt sein muss", erwiderte Frau Doktor lächelnd.

Es stand nun fest bei ihr, dass sie die nächste Gelegenheit ergreifen würde, ihr Institut in andere Hände zu geben. Dann wollten die beiden Damen eine hübsche, Wohnung mieten und ganz für sich und Walpurgas Studien leben.

Walpurgas Eltern fiel ein Stein vom Herzen, als sie davon hörten. Sie hatten schon gefürchtet, ihr Kind müsse allein in der großen Stadt hausen, allen Jährlichkeiten derselben preisgegeben.

Auch der König, dem Frau Doktor ihre Absicht meldete, ging sofort auf diesen Vorschlag ein und dankte für das freundliche Interesse, das sie seinem Schützling entgegenbrachte.

Walpurga musste nun erst tüchtig lernen und arbeiten.

Weder der König noch Richard Wagner ließen sie aus den Augen. Von Zeit zu Zeit überzeugte sich der Meister selbst von den Fortschritten, die Walpurga gemacht hatte, und war immer von neuem begeistert von ihrer Stimme und ihr großartiges, schauspielerisches Talent.

Er hatte große Pläne für die Zukunft mit Walpurga und nahm ihr Studium sehr genau und gewissenhaft.

Schon ihr erstes Auftreten sollte ein künstlerisches Ereignis werden. Aber erst, wenn sie eine fertige Künstlerin war, wollte er sie auf die Bühne lassen.

König Ludwig nahm, trotz seines sich immer mehr verschlimmernden Leidens, regen Anteil an Walpurgas Entwickelung und freute sich ihrer Fortschritte.

Walpurga kam jetzt immer nur auf kurze Zeit heim in das liebe Forsthaus.

Wie sonst hing sie mit liebendem Herzen an ihren Eltern, aber ihr Lerntrieb ließ ihr nicht lange Ruhe. Daheim konnte sie nicht üben, weil sich weder ein Klavier noch ein Flügel im Forsthaus befand. Und deshalb konnte sie jetzt immer nur auf Tage nach Hause kommen.

Auch jetzt traf sie fast jedes Mal mit dem König zusammen. Zum Singen forderte er sie nie auf.

„Ich will Dich erst wieder hören, wenn Deine Ausbildung beendet ist. Dann kann ich mir am besten ein Urteil bilden, was Deine Lehrer aus Deiner Stimme gemacht haben. Und eins steht fest —Dein erstes Auftreten auf der Bühne soll vor mir allein stattfinden, in einer Separatvorstellung!" sagte er eines Tages zu ihr.

Walpurgas Herz schlug höher bei diesen Worten. Mit glühenden Wangen dachte sie an die Zeit, da sie dem König beweisen durfte, dass er seine Güte nicht an eine Unwürdige und Stümperin verschwendet hatte.

Ganz glücklich hätte Walpurga jetzt sein können, wenn nicht heimliche, schwere Sorge ihr Herz bedrückt hätte.

Es entging ihr nicht, dass der König immer krank und leidend aussah und dass die Schwermut in seinen Zügen immer seltener weichen wollte.

Eine heiße Angst erfasste sie um ihn, den sie schwärmerisch liebte und verehrte. Sie konnte nicht froh sein, wenn sie sah, wie unglücklich er sich zu fühlen schien.

Wenn sie nicht ein so lebensfrisches, tapferes Geschöpf gewesen wäre, hätte sie wohl diese Sorge niedergedrückt.

Aber es war so viel Kraft und Elastizität in ihr, dass sie immer wieder den Kopf hob und mit einem siegreichen Lächeln den Kampf gegen des Königs Melancholie aufnahm. Und immer gelang es ihr noch, ihn aufzuheitern.

Sepperl war nun zu des Königs liebstem, persönlichem Diener vorgerückt und war nicht nur in Neuschwanstein stets in seiner Nähe, sondern begleitete ihn auch nach München und auf die anderen Schlösser.

Trotz seiner Jugend erschien er dem König zuverlässiger als seine anderen Diener, und er schenkte ihm volles Vertrauen.

Walpurga hatte Sepperl gebeten, ihr von Zeit zu Zeit über das Befinden des Königs Nachricht zu geben. Das hatte ihr Sepperl auch versprochen.

Walpurga fühlte sich dadurch sehr beruhigt. Wusste sie doch auch, dass Sepperl dem König in großer Liebe und Treue ergeben war.

Sepperl wusste wiederum ganz genau, wie sehr Walpurga um den König bangte. Deshalb fasste er seine Berichte an sie so günstig wie möglich ab, ohne die Wahrheit zu umgehen.

Er schrieb ihr immer an solchen Tagen, wo sich der König besonders wohl befand.

Freilich konnte er ihr nicht verheimlichen, dass der König des Nachts keine Ruhe fand und oft bis zum Morgengrauen rastlos umherstreifte.

Aber zur Beruhigung fügte er gleich hinzu, dass der König dann den versäumten Schlaf nachholte.

Immerhin sorgte sich Walpurga nicht wenig, und sie beschwor Sepperl immer wieder, dem geliebten König so viel wie möglich alles Störende und Quälende fernzuhalten und ihm treu zu dienen.

In dieser Sorge um den König vertiefte sich Walpurgas Gemüt mehr und mehr. Das kam aber ihrer Kunst sehr zustatten.

Der Künstler und die Künstlerin müssen tiefer empfinden, als andere Menschen, wenn ihre Kunst die rechte Weihe haben soll und den rechten Adel. Sie müssen aus der Tiefe ihres Wesens schöpfen können, um mit ihrer Kunst Eingang zu finden in die Herzen der Menschen.

*   *

*

So verging eine geraume Zeit.

Walpurga lernte eifrig und unermüdlich. Nachdem ihr Studium so weit vorgeschritten war, dass sie anfangen konnte, einzelne Partien einzustudieren, musste sie zuweilen nach Bayreuth reisen.

Richard Wagner interessierte sich naturgemäß am meisten für diejenigen ihrer Rollen, die sie in seinen Opern übernehmen sollte. Und er wollte selbst darüber wachen, dass sie von all diesen Gestalten, die sie verkörpern sollte, die rechte Auffassung bekam.

Strahlenden Auges begrüßte der große Meister stets das junge Mädchen. Aber noch mehr leuchteten seine Augen, wenn er sie wieder entließ, nachdem er sich von ihren Fortschritten überzeugt hatte.

Walpurgas Stimme hatte durch die sorgfältige und verständnisvolle Ausbildung sehr an Kraft und Umfang gewonnen. Dabei hatte sie nichts von ihrem süßen, herzbewegenden Wohllaut eingebüßt. Und wenn sie sang, dann vergaß sie alles um sich her und lebte nur in ihrer Rolle.

Sie fühlte sich dann so ganz eins mit der Gestalt, die sie verkörperte, dass sie auch alles empfand, was diese empfinden sollte.

Dies gab ihrem Gesang und ihrem Spiel Leben und umwob sie mit einem hinreißenden Zauber.

Vier Jahre lang dauerte Walpurgas Studium, dann endlich war Meister Wagner damit einverstanden, dass ihr erstes Auftreten stattfinden durfte.

Er meldete dem König, dass Walpurga jeder erstklassigen Bühne angehören könne, und befürwortete ihr Engagement an der Königlichen Oper in München.

17. Kapitel

Rasttage im Forsthaus

König Ludwig war sofort mit dem Intendanten der Königlichen Oper in Verbindung getreten wegen Walpurgas Engagement.

Da sie zwei so mächtige Fürsprecher hatte wie den König und Richard Wagner, fiel es natürlich nicht schwer damit.

Richard Wagner verbürgte sich für die Reife ihrer Kunst, daher wurden Walpurga gleich große Rollen in Aussicht gestellt.

Das war im Jahre 1880.

Walpurga war nun zwanzig Jahre alt und war zu einer stattlichen, liebreizenden Jungfrau erblüht, die wohl dazu geschaffen war, Wagners Idealgestalten darzustellen. Ihre große, schlanke Gestalt eignete sich vortrefflich für die Bühne.

Die Züge ihres schönen Gesichtes hatten sich in den letzten Jahren verklärt und veredelt.

Die Kunst adelt denjenigen, der sich ihr ganz ergibt. Richard Wagner konnte wohl zufrieden sein mit dieser Interpretin seiner Kunst.

Für den Oktober 1880 war Walpurga also der Königlichen Oper verpflichtet worden.

Nun wollte sie sich erst nach ihrem anstrengenden Studium einige Wochen Ruhe gönnen im Forsthaus.

Frau Dr. Moritz, die nun wirklich ihr Institut verkauft und mit Walpurga zusammen eine hübsche, nicht sehr große, aber völlig ausreichende Wohnung bezogen hatte, blieb in München zurück, um noch allerlei für ihren Liebling vorzubereiten.

Vater und Mutter freuten sich sehr über die ihnen noch geschenkten Wochen. Noch einmal konnten sie ihr liebes Kind so ganz für sich allein haben, ehe es sich mit all seinem Können und seiner ganzen Persönlichkeit der großen Welt schenkte. Noch einmal konnten sie sich so recht von Herzen freuen an der innigen Zärtlichkeit, die ihnen Walpurga entgegenbrachte.

Es war gleichsam als wollte Walpurga in der kurzen Zeit, da sie daheim weilte, die geliebten Eltern für alle Entbehrung entschädigen mit ihren Liebesbeweisen.

Ehe Walpurga nach Hause reiste, war sie noch einmal in Bayreuth gewesen, um gewissermaßen eine Generalprobe ihres Könnens abzulegen.

Der Meister hatte sie, begeistert und entzückt, mit feuchtschimmernden Augen in seine Arme gezogen und ihre Stirn geküsst. Ihrem ersten Auftreten in München wollte er natürlich beiwohnen.

König Ludwig hatte bestimmt, dass Walpurga zuerst in drei verschiedenen Rollen in drei Separatvorstellungen vor ihm auftreten solle, ehe ihr erstes öffentliches Auftreten stattfand. Erst wollte er selbst beurteilen, was sie leisten konnte, ehe er seinen Schützling der öffentlichen Kritik preisgab.

So sollte Walpurga am 8. Oktober vor dem König die Elisabeth im „Tannhäuser", am 11. Oktober das Evchen in den „Meistersingern" und am 19. Oktober die Sieglinde in der „Walküre" singen.

Am 22. Oktober sollte dann ihr erstes öffentliches Auftreten als Elisabeth vor dem großen Publikum stattfinden.

Das alles erzählte Walpurga ihren Lieben. Sie war ganz ruhig dabei, zuversichtlich, und fühlte keine Angst.

Hatte sie vor den strengen, kritischen Augen und Ohren Meister Wagners bestanden, so würde sie ja auch die anderen zufrieden stellen.

Nur vor dem Auftreten vor dem König bangte ihr ein wenig. Wenn sie missfiel, dann konnte sie kein anderer Erfolg entschädigen.

Den Förster und die Försterin erfassten schon beim Anhören dieser Erzählung Walpurgas Lampenfieber, und sie nahmen einander an den Händen, als könnte ihnen das die Ruhe wiedergeben.

Tonerl aber, die inzwischen nun auch, schon ein hübscher, draller Backfisch geworden war, schlug entsetzt die Hände zusammen und sagte tief aufatmend:

„Weißt Burgerl, wenn i du wär; die Angst, brächt' mich um. Net um eine Million könnt' i ein Tonerl rausbringen, dös blieb mir in der Kehle stecken. I glaub', auf der Stell' fiel i tot um auf der Bühne, wenn mich all die Leut' anschau'n würden!"

Walpurga faltete die Hände über der Brust und sagte mit leuchtenden Blicken:

„Wenn ich nur vor Seiner Majestät bestehe, vor den Leuten hab' ich gar keine Angst!"

„Ach, der König hat dich doch schon singen hören, Burgerl, dös braucht dich nimmer zu bekümmern!", warf die Försterin ein und betrachtete mit stolzen strahlenden Blicken ihre schöne Tochter.

Walpurga streichelte ihr liebkosend die Hände.

„Mutterl, mein liebes, gutes Mutterl, das ist doch ganz etwas anderes. Wenn ich ihm hier im Stübchen oder draußen im Wald ein Liedchen gesungen habe, das ist doch ganz etwas anderes, als wenn ich nun zwischen all den anderen großen Künstlern auf der Bühne stehe und ganz jemand anders sein muss als die Walpurga Malwinger.

Aber sorgt euch nur nicht, ich vertraue auf meine Kunst. Und wenn ich nur erst die ersten paar Töne vor unserem lieben König herausgebracht hab', dann vergesse ich alles um mich her und alles Zagen ist vorbei. Meister Wagner muss ja wissen, ob ich etwas leisten kann. Wäre er nicht zufrieden gewesen, hätte er mich noch nicht herausgelassen auf die Bühne!"

Tonerl sprang empor und drehte die Schwester lustig herum.

„Du, i freu' mich ganz närrisch, dass wir alle ins Theater nach München kommen dürfen, um dich anzuschauen. Eia, dös wird ganz fein. Gelt, Mutterl, stolz wollen wir da sein auf unser Burgerl. Und der Sepperl muss auch dabei sein, dös is doch klar. Gelt, Burgerl, der Sepperl darf net fehlen?"

„No, dös ist die Hauptsach' für dich, dass der Sepperl dabei is!", neckte der Vater.

Tonerl wurde rot und lachte.

„I mag ihn halt gern; er is doch a braver Bursch. 'leicht findst du keineren braveren!", sagte sie, sich verteidigend.

„Freili, dös is er g'wiss, Tonerl. I sag' auch nix gegen den Sepperl, b'hüt Gott, nur a wengerl necken will i dich!", antwortete der Förster lachend.

Tonerl fiel ihm um den Hals.

„Meinetwegen, Vaterl, dös magst schon tun. Der Sepperl ist doch wie ein Kind vom Haus, gelt? Er g'hört doch zu uns!"

Der Förster streichelte ihre frischen Wangen.

„No ja, Tonerl, wir haben auch g'wiss nix dagegen, Mutterl und i, wenn du ihn gern magst!"

Da umhalste das Tonerl auch die Mutter. Die drückte sie fest an sich und seufzte.

Sie wusste schon, der Sepperl und das Tonerl, das könnte einmal Mann und Frau geben, und die beiden würden gewiss glücklich miteinander sein. Ob aber auch ihr Burgerl da draußen in der Welt so sicheres Glück finden würde?

Wieder seufzte sie und sah zu Walpurga hinüber mit sorgendem Ausdruck.

Diese fasste lächelnd über den Tisch nach der Mutter Hand. Gar weiß und fein sah ihre schlanke Rechte neben der harten, abgearbeiteten Hand der Mutter aus.

Des Königs Wille war in Erfüllung gegangen. Die Hand, die ihm einst wohlgetan hatte, war nicht von Schwielen und rauer Haut entstellt.

„Mutterl", sagte Walpurga, „wo flog denn dieser tiefe, tiefe Seufzer hin?"

Die Försterin blickte liebevoll in ihr lächelndes Gesicht.

„Ob du wohl auch glücklich wirst, da drauß' in all dem Glanz, mei Burgerl. Ob es wohlgetan war, dass wir des Königs Wunsch erfüllten? Einen anderen Weg hast du einschlag'n müssen als den, der dir von Geburt aus bestimmt war. Schau, soviel Sorgen tu' i mich oft!", sagte sie leise.

Burgerls junge, frische Lippen berührten innig die Hand der Mutter.

„Sorg dich nicht, Mutter, du und der Vater, ihr habt mein Bestes gewollt, habt mich ohne Murren von euch gelassen, weil ihr mein Glück fördern wolltet. Euch und meinem lieben, gütigen König dank' ich 's von ganzem

Herzen, dass ihr mich den Weg gehen ließet, der doch wohl vom lieben Herrgott für mich bestimmt war. Ohne Gottes Willen fällt ja kein Vogel vom Baum, er hat auch mein Geschick in seinen Händen.

Und was mir auch draußen beschieden sein mag, ich habe meine Kunst, die mich emporträgt. Kein größeres Glück gibt es für mich, als diese Kunst ausüben zu dürfen, und ein anderes Glück such' ich nicht. Und wenn ich einmal müd' und ruhebedürftig bin, dann flücht' ich mich hierher in meine liebe, schöne Heimat. Dann komm' ich zu dir, liebes Mutterl, wie ein müde geflattertes Vöglein, und lass mich von dir hätscheln und verwöhnen. Und Vaterl und Tonerl, die helfen dir noch dabei, wie schon jetzt, wenn ich heimkomme.

Ach, ihr wisst ja nicht, wie schön es ist, so ein Heimkommen, was für ein großes Glück es ist, weil ihr immer daheim seid! Da muss man erst ausfliegen aus dem Nest, um es zu merken, wie schön das heimkommen ist."

Der Försterin standen Tränen in den Augen.

„Kinderl, wie lieb dös geklungen hat, was du da g'sagt hast. Und eine Freud' machst uns mit solchen Worten. Hab' doch schon manchmal g'meint, es kann dir gar nimmer g'fallen in unserem engen Häuserl!"

Walpurga umarmte bewegt all ihre Lieben.

„Wie soll's mir hier nicht gefallen? Auf der ganzen Welt gibt's doch kein lieberes Plätzerl als die Heimat. Wenn man noch so tatendurstig und verlangend ins Weite fliegt und die ganze große Welt einem noch zu klein erscheint für alles, was man erreichen will, zum Ausruhen ist es doch nirgends so schön wie in der Heimat. Und je enger sie ist, die liebe Heimat, je wärmer kann man sich da einkuscheln wie ein Vögerl ins warme Nest!" sagte sie dabei.

„Dös hör' i gern, Burgerl. Ich hab' nur g'meint, weil du manchmal so traurig ausschaust, wenn du allein zum Fenster hinausschaust", sagte die Försterin forschend.

Walpurga strich sich über die Stirn und atmete auf.

„Ach, Mutterl", erwiderte sie, „dann denk' ich an unseren lieben, königlichen Herrn. Es bedrückt mich manchmal sehr, dass er, dem ich alles danke, der uns allen so viel Gutes getan hat, so unglücklich und so krank ist. Ja, Mutterl, krank ist er, viel kränker, als er zeigen will, krank im Gemüt. Und wenn ich daran denke, dann habe ich eine so große Sehnsucht in mir, dass ich ihm helfen möchte. Aber keiner kann ihm helfen, keiner, das fühl' ich in mir, und das macht mich traurig!"

Walpurga sagte das alles in großer Erregung, und ihre Augen schimmerten feucht.

Die Försterin sah bang und besorgt in ihres Kindes erregtes Gesicht.

Sie alle hatten ja den König sehr lieb und verehrten ihn aufrichtig als ihren Wohltäter. Aber aus Walpurgas Worten klang eine so leidenschaftliche Klage, dass der Försterin das Herz weh tat.

Der Vater und Tonerl trösteten Walpurga.

Tonerl machte allerhand Späße, um die Schwester aufzuheitern. Da wurde Walpurga auch schnell wieder vergnügt.

„Ach, ihr müsst nicht denken, dass ich den Kopf hängen lasse. O nein, ich freue mich doch des schönen Lebens und meiner herrlichen, geliebten Kunst. Und auf den lieben Gott vertraue ich. Wenn niemand den König gesund machen kann, der liebe Gott kann es, wenn er nur will!"

* *
*

168

Während dieser letzten Rasttage daheim sah Walpurga den König nur ein einziges Mal. Und nur zu einem flüchtigen Besuch sprach er im Forsthaus vor.

Gütig und freundlich, wie immer, erkundigte er sich nach Walpurgas Befinden und fragte sie lächelnd, ob sie Angst vor ihrem ersten Auftreten habe.

Da sah Walpurga mit ihren großen, schönen Augen in sein Gesicht.

„Nur eine Angst habe ich, dass ich Eure Majestät nicht zufriedenstelle", antwortete sie.

Er sah sie lange an. Was für eine schöne, junge Dame sein kleines Waldvöglein geworden war! Wie das blühende lachende Leben stand sie vor ihm. Wenn auch er so froh und gesund sein könnte!

Er seufzte tief auf, seine Züge verdüsterten sich.

Walpurga hätte weinen mögen, als sie das sah, aber sie bezwang sich tapfer.

Mit allen Tränen konnte sie ihm nicht helfen, aber ihr Lachen, das zauberte noch immer einen frohen Glanz in seine Augen.

Und so plauderte und lachte sie, bis sich sein Gesicht wieder aufheiterte.

Der König forderte dann den Förster auf, ihn in den Wald zu begleiten.

Als der König sich von Walpurga verabschiedete, sagte er lächelnd:

„Also auf Wiedersehen in München, und keine Angst, Waldvöglein, wirst dein Lied schon singen, dass es mir gefällt!"

Als er dann an des Försters Seite dahinschritt, sah ihm Walpurga seufzend nach und sagte zu ihrer Mutter:

„Hast du es nun gesehen, Mutterl, wie krank er aus den Augen schaut? Der Arme, ach, der Arme! Ein König sein und sich nicht freuen können am Leben, wie traurig ist das!"

Die Mutter streichelte stumm das goldene Haar ihres Kindes, und das Herz war ihr schwer, wie jeder Mutter, die ihr Kind leiden sieht.

An demselben Abend kam Sepperl zu Besuch. Da wurde es gar lustig im Försterhaus. Sepperls Schnurren und Späße verscheuchten alle Sorgen. Als er Walpurga sah, schlug er sich aufs Knie.

„Sakra, bist ja schon wieder a wengerl schöner und fürnehmer g'worden, Burgerl. Kannst es glauben oder net, die Hoffräulein von unser gnädigen Frau Königin-Mutter, und all die Gräfinnen und Baroninnen in München, die schau'n alle net fürnehmer aus, als du!"

Walpurga lachte.

„Geh', Sepperl, strapazier' dich nicht mit Komplimenten. Gib mir Deine Hand und sag' mir kurz und bündig Grüß Gott!"

Er wischte sich mit komischer Umständlichkeit die Hände ab, fasste dann aber herzlich und kräftig die ihren.

„Also grüß' Gott auch, Burgerl, und lieb ist's von Dir, dass Du net stolz bist!"

Walpurga sah ihn neckend an.

„Stolz, einem königlichen Diener gegenüber, o nein, wenn man den nicht respektieren wollte. Schließlich bist Du doch auch schon wer!"

Sepperl warf den Kopf gravitätisch in den Nacken und tat sich sehr stolz auf, als er im Stüberl auf und ab spazierte.

„Freili, man is schon wer, sehr eine g'wichtige Person, meinst net auch, Tonerl?"

Bei dieser Frage drehte er sich plötzlich nach Tonerl um, hob sie jauchzend hoch empor und drehte sich mit ihr in Kreise. Dabei rief er lachend:

„Grüß' Gott auch, Tonerl! No, wie geht es Dir, hm? Bist noch frisch beieinand'?"

Tonerl wandte sich in seinen Armen. Es gefiel ihr nicht in der lustigen Höhe.

„Du, lass mich herab, Du dummer Bub', meinst, i will ewig in der Luft schweben?" schalt sie halb lachend, halb ärgerlich.

„Erst musst Dich mit an Busserl auslösen!" rief er lachend, sie mit seinen lustigen Augen anfunkelnd.

„A Watschen kannst kriegen!" drohte sie.

„Dann bleibst hübsch da heroben!"

„Du, i kratz' Dir die Augen aus!"

Sepperl lachte.

„Ach geh', dös tust nimmer, Du willst doch net a mal seinen Blinden zum Mann haben!".

„Lass mich aus, du, du dalketer Bub'; du wirst noch lang' net mei Mann, noch lang' net!"

„Aber Du wirst ganz g'wiß meine Frau, und dös kommt dann auf eins raus, gelt?" sagte er lachend und drückte ihr einen Kuss auf den Mund.

Aber schon hatte er auch von Tonerl eine kräftige Ohrfeige im Gesicht sitzen.

Sepperl krümmte sich wie im tiefsten Schmerz und hielt sich die Wange mit lautem Jammer.

„Au, au, dös is nun die Hand von einem zarten Dirndl. Sakra noch eins, dös überleb' i net. Wart' nur, Du schlimmes Tonerl, dös vergess' i Dir net!"

Tonerl war selbst erschrocken vor ihrer raschen Tat und sah unsicher nach ihm hinüber.

Da sah sie aber, dass er gar lustig durch die gespreizten Finger blinzelte, und schnell drehte sie ihm den Rücken zu. Gerade wollte er sich wieder heimlich an sie heranschleichen, da hielt ihn die Försterin am Arm fest.

„Jetzt gibst a Ruh, Du Unband, Ihr seid ja alle beid' noch Kindsköpfe!"

„Aber gelt, mei Frau wird das Tonerl doch?" fragte Sepperl schmeichelnd die Försterin und umfasste nun diese mit einem herzhaften Kuss.

„Jetzt fang' dein Hallodri noch mit mir an, du Unband!" drohte diese lachend.

„Nur erst versprechen sollst mir, dass dös Tonerl mei Frau wird, dann lass i dich aus!" bettelte Sepperl.

„No, wegen meiner; wenn Dich das Tonerl mag, i bin zufrieden!" antwortete die Försterin halb ernst halb scherzend.

„No, dann hat's seine Nichtigkeit!" sagte Sepperl gemütsruhig.

„Haha, lang net!" trotzte Tonerl auf. I mag dich lang net zum Mann, du bist mir zu g'waltätig. Müsst' ja eh bei Dir d' längste Zeit in der Luft schweben. I dank schön!"

Sepperl sah sie verschmitzt an.

„No, wart' noch a wengerl. Pfingsten auf zwei Jahr, da frag' i wieder mal an bei Dir. Jetzt bist halt noch a dummes, kleines Dingerl, bis dahin bist 'leicht schon noch a wengerl g'scheiter g'worden. Dann nimmst mich unb'sehen, da kannst Dich drauf verlassen!"

Tonerl machte nur stumm eine bezeichnende Gebärde nach der Stirn und zuckte die Achseln.

Walpurga hatte lächelnd dieser Szene zugesehen.

Nun sagte sie neckend:

„Bei mir müsstest Du freilich auch noch erst anfragen, Sepperl, ob ich Dich zum Schwager will!"

Sepperl lachte.

„Dös kann gleich g'schehen, also was meinst, bin i Dir recht als Schwager?"

Walpurga betrachtete ihn mit neckender Gründlichkeit von oben bis unten. Dann sagte sie gewichtig:

„Gefällst mir nicht übel, und wenn Dich das Tonerl nicht will, dann kannst du ja bei mir einmal anfragen!"

Da fuhr Tonerl wie der Blitz herum und wollte etwas jagen. Als sie aber aller Augen lächelnd auf sich gerichtet sah, zuckte sie nur wieder die Achseln.

„Ich will Dir aber doch lieber beim Tonerl ein wenig das Wort reden!" fügte Walpurga lächelnd hinzu.

Sepperl warf den Kopf in die Höhe.

„I dank Dir schön, Burgerl, aber a rechter Mann ficht seine Sach' allein aus. I werd' mir schon selber das Wort reden beim Tonerl, wenn's an der Zeit ist!"

Und vergnügt vor sich hin pfeifend, holte er des Försters Zither herbei und fing an zu spielen. Und nachdem er eine Weile nachdenklich vor sich hingesehen hatte, schnalzte er mit den Fingern, und zum Tonerl hinüberblickend, sang er ein Schnadahüpfel:

> „I kenn halt a Maderl
> Mit Äuglein so braun,
> Die is gar so lieblich
> Und hold anzuschaun."

Da stemmte Tonerl die Arme in die Hüften und sang neckend:

> „Und i kenn' a' 'n Buben,
> Der is net recht g'scheit,
> Der hat halt dös Maderl
> Eh' es will, schon g'freit."

In dieser Weise neckten sich die jungen Leute den ganzen Abend, bis Sepperl sich auf den Heimweg machte. Zum Abschied stieß er draußen noch einen lauten Juchzer aus und rief noch einmal zurück:

„B'hüt Gott auch, Tonerl!"

Da lehnte sich Tonerl besorgt zum Fenster hinaus.

„Du, Sepperl, gibst doch fein acht auf den Weg; weißt, an der Klamm, dass du net zu Schaden kommst!"

Sepperl rief darauf jauchzend zurück:

„Ohne Sorg', Tonerl, i geb' schon acht auf Deinen künftigen Mann!"

Da flog energisch das Fenster zu.

„So ein dummer Bub'!" schalt Lonerl, halb ärgerlich, halb lachend.

Die anderen gaben sich den Anschein, gar nichts gehört zu haben.

Nach einer Weile seufzte Tonerl aus tiefen Gedanken auf.

„Vaterl, der Sepperl weiß doch an der Klamm g'nau Bescheid, gelt, es passiert ihm nix?"

Der Förster lächelte beruhigend:

„Sei ganz ruhig, Tonerl, der fallt wie a Katz' auf die Füß', wenn er Fehltritt; aber dös tut er net, er kennt jeden Schritt in der Umgegend!"

Das schien Tonerl zu beruhigen, und sie wurde nun wieder lebhaft.

18. Kapitel
Walpurgas erstes Auftreten

Gar zu schnell waren die letzten Rasttage daheim vergangen. Walpurga musste nun nach München zurück, da die Proben ihre Anwesenheit nötig machten.

Frau Dr. Moritz war froh, als sie ihren Liebling wieder hatte.

Gar festlich und traulich sah es in der gemeinsamen Wohnung der beiden Damen aus. Überall hatte Frau Doktor Blumen ausgestellt.

Gleich am nächsten Morgen musste Walpurga zur Probe.

Ihre neuen Kollegen und Kolleginnen kamen ihr nicht gerade freundlich entgegen. Sie sahen die junge Anfängerin ein wenig über die Achseln an, obwohl sie wussten, dass sie des Königs Schützling war.

Aber gerade deshalb trauten sie ihr nicht viel zu. Sie glaubten, ein ziemlich talentloses Mittelgut vor sich zu haben, der die Gnade des Königs den Weg bahnte.

Walpurga hatte es nicht anders erwartet. Sie war es ja gewohnt, sich überall erst das Plätzchen zu erobern, das man ihr streitig machen wollte.

Ruhig und bestimmt, wenn auch mit freundlicher Bescheidenheit, trat sie all diesen Menschen entgegen, mit denen sie nun leben und arbeiten musste.

Und wie es immer ging, ging es auch hier. Der Zauber, den ihre liebreizende Erscheinung erweckte, wirkte auch in dieser neuen Umgebung. Den klaren, bittenden

Augen, dem warmen, goldigen Lachen, der echten Herzensgüte Walpurgas konnte auf die Dauer niemand widerstehen.

Als sie sich zur allgemeinen Verwunderung mit großer Sicherheit in das Ensemble einfügte, so dass durchaus nicht mehr Proben als sonst nötig waren, da wurde man ihr gegenüber schon milder gestimmt.

Und als sie dann bei einer größeren Probe in einer Szene ihr ganzes Können entfaltete und ihre süße, quellfrische Stimme in voller Kraft und Schönheit ertönen ließ, da war es, als wenn Glockenklang an die Herzen ihrer Kollegen gerührt hätte. Sie lauschten auf und sahen sich erst erstaunt und dann ergriffen an.

Einige erfasste der Neid, die anderen bewunderten dieses junge, große Talent. Aber alle sahen ein, dass man einer solchen Persönlichkeit, wie es die junge Künstlerin war, nicht mit mitleidiger Duldung begegnen konnte.

Der Kapellmeister und der Intendant waren enthusiasmiert von der jungen Künstlerin und nahmen reumütig ihre Ansicht zurück, dass der König ihnen da eine unbequeme Last aufgeladen habe.

Schritt für Schritt eroberte sich Walpurga also ihre Position schon vor ihrem ersten Auftreten.

Der 8. Oktober rückte mit unheimlicher Schnelligkeit heran.

Zuweilen erfasste es Walpurga doch wie ein Fieber, wenn sie an ihr erstes Auftreten vor dem König dachte.

„Wenn nur er mit mir zufrieden ist, nur er!", dachte sie immer wieder mit heimlicher Unruhe.

Und dann kam der bewusste Abend heran.

In weihevoller Stimmung stand Walpurga in ihrer Garderobe und machte sich fertig. Der König selbst hatte ihr nach seinen Angaben die Kostüme arbeiten lassen.

Wundervoll sah sie aus, als sie, aus den Händen der Garderobiere entlassen, vor dem hohen Spiegel stand.

Sie musste plötzlich daran denken, wie sie vor Jahren in das Institut der Frau Dr. Moritz eingezogen war, im roten Röckchen und derben Nagelschuhen und mit dem Wäschebündel.

War das dasselbe Burgerl wie damals, diese königliche Erscheinung mit dem fließenden Seidengewand, das mit Stickereien und glänzenden Steinen geziert war?

Wirklich, Walpurga war eine idealschöne Elisabeth. Ihr eigenes, wundervolles Haar hing in seiner goldigen lockigen Pracht über ihrem Rücke. Es glänzte wie Metall in dem schimmernden Licht.

Auf dieser goldenen Pracht saß ein Diadem. Ein mit Steinen besetzter Gürtel hielt das weiße Seidengewand um die Taille zusammen. Die Gürtelenden fielen dann bis auf den Saum herab.

Ein langer schleppender Mantel von königsblauem Samt, der eine breite, gestickte Bordüre zeigte, hing über ihren Schultern, und leicht war es nicht, ihn hinter sich her zu ziehen.

Aber Walpurga hatte das schon genugsam geübt. Sie schritt elastisch und mit fürstlichem Anstand einher.

Nun stand sie wartend hinter der Kulisse, durch die sie hinaustreten sollte.

Die Hörselbergszene war längst vorüber, der Hirtenknabe hatte sein liebliches Lied gesungen. Wolfram von Eschenbach hatte den verloren geglaubten Freund Heinrich von Ofterdingen, den Tannhäuser, begrüßt, der Vorhang war gefallen.

Nun wartete Walpurga auf ihr Zeichen. Der Vorhang hob sich von neuem. Von fieberhafter Ungeduld brennend, stand sie da. Und endlich —endlich durfte sie hinaus auf die Bühne.

Wie damals im Wald sang sie jubelnd:

„Dich, teure Halle, grüß ich wieder."

Bei den ersten Tönen war ihr, als wenn sich eine kalte Hand um ihren Hals legte, als würde sie nun keinen einzigen warmen Ton mehr herausbringen.

Da sah sie wie durch Wolken vor sich das gütig lächelnde Gesicht des Königs. Und mit einem Male hatte sie alle Angst, alle Befangenheit abgeschüttelt. Voll und klar, in hinreißender Schönheit reihte sich Ton an Ton. Sie spielte und sang mit wunderbarer Sicherheit. Es kam aus ihr selbst heraus, was sie bot.

Als lege sie ihr eigenes Herz vor den geliebten König hin, so innig und zauberhaft schön war ihr Gesang.

Szene reihte sich an Szene. Der einzige Zuschauer dieses wundervollen Spiels, König Ludwig, ließ sich einhüllen in den zauberhaften Wohlklang, der ihn mit einer Lebensfreudigkeit erfüllte, wie er sie lange nicht empfunden hatte.

Walpurga sang wirklich so, dass kranke Menschen gesund und alte wieder jung werden konnten. Der alte Herr in der Schule hatte recht prophezeit.

Der König ließ sich durch Walpurgas Spiel und ihren Gesang ganz gefangen nehmen. Er vergaß, dass da auf der Bühne Walpurga Malwinger, sein Waldvöglein stand.

Er sah nur die holdselige Gestalt der Landgrafennichte Elisabeth, die um ihre Liebe leidet und an ihrer Treue stirbt.

Noch nie hatte ihn die rührende Gestalt, die sein Freund Richard Wagner geschaffen hatte, so gefesselt wie jetzt.

Und Walpurga fühlte sich eins mit dieser Gestalt, sie spielte nicht nur die Elisabeth, sondern lebte sie auch.

Wie aus einem Traum erwachte sie, als sie langsam bergauf steigend, die Bühne verließ. Hinter ihr her klang das Lied Wolframs von Eschenbach an den Abendstern.

Gleich darauf wurde sie zum König befohlen. Er empfing sie in sehr erregter Stimmung. In seinen Augen hatte tränen ihren Schimmer zurückgelassen.

Walpurgas beide Hände fassend, sah er sie eine Weile schweigend an.

Noch hing das Haar gelöst um Ihre Schultern, noch trug sie das schlichte, weiße Gewand der Elisabeth aus dem letzten Akt.

Sie sah wunderbar schön aus mit dem belebten, erregten Gesicht, aus dem die Augen bang fragend zum König aufsahen.

Endlich atmete der König aus, und wie aus tiefem Sinnen erwachend, sagte er:

„Waldvöglein, Sonnenscheinchen, wie hast du mir heut' wieder wohlgetan!"

Da leuchteten Walpurgas Augen auf.

„Eure Majestät waren zufrieden?", fragte sie leise, zaghaft, auf das Urteil wartend.

Da führte er stumm ihre Hand an seine Lippen.

Walpurga hätte laut aufjubeln und zugleich herzbrechend schluchzen mögen. Diese Huldigung des Königs erschütterte sie.

Aber sie sah, dass sich der König selbst fassen musste. Das machte sie stark. Sie wurde wieder ruhig, aber ihr war zumute, als sei sie in der Kirche.

Endlich hatte sich der König gefasst. Von seinem kleinen Finger zog er einen kostbaren Brillantring. Den steckte er Walpurga an den Ringfinger der rechten Hand. Dabei sagte er ernst und gütig:

„Dieser Ring soll dir alle Türen öffnen, wenn du einmal ein Anliegen, eine Bitte an mich hast. Mein königliches Wort darauf, wo und wie ich mich auch befinde, schickst du mir diesen Ring, dann darfst du vor mir erscheinen und deine Bitte vorbringen!"

In Walpurgas Gesicht zuckte die gewaltsam unterdrückte Erregung.

„Eure Majestät beschämen mich. Soviel habe ich Eurer Majestät zu danken, und immer größer wird meine Dankesschuld!"

Des Königs Gesicht nahm einen abweisenden Ausdruck an.

„Schweig' mir von Dank und Dankesschuld, ich will es nicht hören. Ein König feilscht nicht um seinen Dank!"

Walpurga sah ihn bittend an.

„Ich hab' auch nichts zu geben, als meine Lieder. Aber jeder Ton, der aus meiner Kehle quillt, soll Eurer Majestät geweiht sein."

Da lächelte der König wieder. Als er aber dann in ihren Augen die schrankenlose Liebe und Verehrung gewahrte, erschütterte und erschreckte ihn dieser Ausdruck.

„Kind!" sagte er leise und sah sie an, als traue er seinen Augen nicht. Aber ihr junges Herz lag offen vor ihm, er wusste nun, dass es ihm gehörte.

In väterlicher Güte küsste er schnell ihre Stirn. Dann trat er hastig zurück und winkte ihr, sich zu entfernen.

Lange stand er regungslos und sah ihr nach. Er fühlte, dass dieses Mädchen in tiefster Verehrung zu ihm aufblickte, und ihre Augen konnte er gar nicht wieder vergessen.

Walpurga wusste später nicht zu sagen, wie sie an diesem Abend nach Hause gekommen war.

Frau Doktor holte sie vom Opernhaus ab und merkte sehr wohl, wie erregt sie war.

„Sag' mir nur eins, Kind, dann will ich dich nicht weiter quälen, bis du von selber sprichst. Ist es gut gegangen?"

Walpurga nickte nur stumm und drückte die Hand ihrer mütterlichen Freundin.

Erst als sie daheim in einem gemütlichen Lehnstuhl saß, in ein bequemes, weiches Hausgewand gehüllt, und eine Tasse Tee getrunken hatte, die Frau Doktor sorglich für sie bereitet, da taute sie endlich auf.

Und lachend und weinend durcheinander, erzählte sie alles ausführlich und zeigte Frau Doktor den kostbaren Ring, der ihr alle Türen, die zum König führten, öffnen sollte.

Die alte Dame betrachtete mit ehrfürchtigen Gefühlen den Ring.

„Hüte ihn gut, Walpurga. So ein Zauberring, so ein „Sesam, tu Dich auf" ist wundertätig. Wer weiß, wie Du ihn einmal brauchen wirst!"

„O, ich glaube nicht, dass ich ihn je anwende. Freiwillig vergrößere ich meine Dankesschuld an den König nicht mehr!" sagte Walpurga eifrig.

Frau Doktor lächelte:

„Man soll nichts verreden, Kind. Aber jetzt gehst du nun zu Bett und schläfst dich gut aus. Morgen früh hast du keine Probe. Das trifft sich gut. Du musst frisch und gesund bleiben, und nach solchen Aufregungen wie heute braucht der Körper die Ruhe doppelt!"

Walpurga ließ sich lächelnd und willig zu Bett schicken. Schlaf fand sie noch lange nicht.

Die Glückseligkeit, dass sie den König zufriedengestellt hatte, zitterte noch in ihr nach. Und seinen Ring ließ sie nicht vom Finger.

Wenige Tage später, am 11. Oktober, sang Walpurga vor dem König das Evchen in den „Meistersingern". Und am 19. Oktober trat sie vor ihm als Sieglinde in der „Walküre" auf.

Wieder zog sie den König in ihren Bann durch ihre zaubermächtige Kunst.

Sie fühlte es, sah es in seinen Augen und empfand eine reine, hohe Freude darüber.

Noch einmal, als sie die Sieglinde gesungen hatte, ließ sie der König zu sich rufen.

„Kind", sagte er lächelnd, „es ist, als müsste man gesund werden, wenn man dich singen hört. Es ist, als gäbe es keine Qual mehr auf der Welt, deine Töne tragen über alles hinweg!"

Da drückte Walpurga die Hand aufs Herz und sagte flehend:

„So gestatten mir Eure Majestät doch gütigst, dass ich nur allein für Eure Majestät singe. Ach, wie wollte ich singen, dass eure Majestät nur noch gesund und froh sein sollten!"

Der König schüttelte wehmütig den Kopf. „Nein, nein, du gehörst der Welt, Walpurga. Etwas so Köstliches darf ein Mensch nicht allein für sich behalten. Aber oft, sehr oft sollst du mir vorsingen!"

Damit entließ er sie mit freundlichem Gruß.

19. Kapitel

In der Oper

Nun kam Walpurgas erstes Auftreten vor dem großen Publikum.

Schon lange vorher waren alle Plätze ausverkauft zu dieser Vorstellung, denn die Zeitungen hatten bereits auf die junge Sängerin Walpurga Malwinger aufmerksam gemacht und berichtet, dass der König und Richard Wagner die Beschützer dieses großen Talentes seien.

Von ihrer Schönheit und Lieblichkeit war auch schon Kunde in das Publikum gedrungen.

Walpurga hatte zeitig genug für ihre Eltern, Tonerl und Sepperl und für Frau Dr. Moritz Einlasskarten besorgt.

Diese fünf Personen saßen nun lange schon vor Beginn der Vorstellung auf ihren Plätzen. Wer von ihnen das ärgste Herzklopfen hatte, hätte sich schwerlich feststellen lassen, denn sie waren alle in einer großen Aufregung.

Frau Dr. Moritz konnte sich jedenfalls am besten beherrschen. Man sah dieser klugen, sympathischen Frau durchaus nicht an, dass etwas Besonderes in ihr vorging.

Auch der Förster und Sepperl wahrten äußerlich ihre Ruhe, wenn auch zuweilen ein mühseliger Schnaufer emporstieg aus ihrer Brust.

Tonerl aber rückte immer wieder auf ihrem Platz hin und her und stöhnte zuweilen leise vor sich hin:

„Hab' i eine Angst, hab' i eine Angst."

Die Försterin hörte es, und es war wie ein Echo ihrer eignen Gedanken. Sie meinte, man müsste ihr Herz in dem ganzen großen Raum laut pochen hören. Die Angst schnürte auch ihr die Kehle zu, die furchtbare Angst, dass Walpurga bei diesem Auftreten etwas geschehen könne. Was sie fürchtete, wusste sie selbst nicht.

So saßen sie und starrten den Vorhang an. Und die Sekunden dehnten sich zu Ewigkeiten.

Walpurga hatte ihre Lieben, als sie in München ankamen, in ihre Wohnung geführt. Frau Doktor bewirtete sie liebenswürdig. Diese biederen, kernigen Gestalten gefielen ihr außerordentlich.

Tonerl und die Mutter hatten gar nicht begreifen können, dass Walpurga so gleichmäßig ruhig und heiter war.

„Hast nur gar kein bisserl Angst, Burgerl?" hatte auch die Mutter gefragt.

Darauf hatte Walpurga lächelnd erwidert:

„Ich bin ganz ruhig, mein Mutterl, sei Du es nur auch. Hab' ich vor Seiner Majestät den Mut nicht verloren, so sollen mich alle anderen Menschen nicht aus der Fassung bringen!"

Diese Worte wiederholte sich die in Angst und Nöten schwebende Mutter immer wieder. Aber einen rechten Trost brachten sie ihr nicht. Sie konnte nicht begreifen, dass all die vielen, vielen Menschen, die sich hier einfanden und die Operngläser schon wie grausame Waffen zurechtrückten, Walpurga weniger aus der Fassung zu bringen vermöchten, als der König allein, den sie doch vom Kind auf kannte und vor dem sie schon gesungen hatte.

Wieder rückte Tonerl nahe an ihre Mutter heran und quetschte deren Arm in der Aufregung zwischen ihren Händen.

„Mutterl, ach Mutterl, i erstick' noch vor Angst, wenn nur das Burgerl um Himmelswillen net stecken bleibt!"

Der Förster und Sepperl hörten diese leisen Worte auch. Des Försters Stirn wurde rot wie von schwerer Arbeit, und Sepperl trommelte aufgeregt einen Marsch auf seinen Knien.

Ringsum hatten die vier Personen in der ländlichen Tracht bei den eleganten Theaterbesuchern schon einiges Aufsehen erregt. Dass es eine besondere Bewandtnis mit ihnen hatte, war nicht schwer zu erraten, denn auf diesen teuren Plätzen saßen sonst nur vornehme Leute.

Endlich begann die Ouvertüre. Und dann ging der Vorhang auf.

Walpurga hatte ihren Angehörigen den Inhalt der Oper *Tannhäuser* erzählt und ihnen genau beschrieben, wann sie auftreten würde.

Von all den Szenen bis zu Walpurgas Auftreten sahen und hörten diese aber nichts. Erst mit dem Moment, da Elisabeth in ihrem fürstlichen Gewand erschien, kam Leben in die kleine Gesellschaft.

Krampfhaft fassten sich alle vier bei den Händen, als müsse eins das andere stützen. Die Mutter seufzte, als ob sie krank wäre.

Aber die vier Augenpaare hefteten sich mit unbeschreiblichem Ausdruck auf die holdselige Erscheinung da oben auf der Bühne.

War das wirklich die Burgerl, diese stolze, strahlende Frauengestalt? Konnte das möglich sein?

„Mutterl, ach Mutterl, schau doch, wie schön sie ist!", flüsterte Tonerl ergriffen und drückte rechts die Hand der Mutter und links die Sepperls. Und von beiden Seiten wurde der Druck krampfhaft erwidert.

Auch der Förster und die Försterin drückten sich die Hände bis zum Schmerz und sahen einander dann mit stolzem Glück in die Augen. Das war ihr Kind, ihr liebes, schönes Kind, nach dem hier all die Menschen in lauschender Andacht emporsahen!

Aber wie sang das Burgerl auch! Wenn sie daheim zuweilen ein Liederl gesungen hatte, das hatte freilich nicht so überwältigend schön geklungen. Oder vielleicht hatten sie das nicht so darauf geachtet. Jetzt war es ja, als wenn sie mit hundert Ohren hörten und mit hundert Augen sähen.

Wie in einer Kirche, so andächtig saßen die vier. Und wie Orgelton und Glockenklang tönte Walpurgas Stimme in siegreicher Frische und Schönheit in aller Herzen.

Die geängstigte Seele der Mutter erfüllte nun mit einem Mal ein tiefer Frieden. In ihrem naiven Gemüt verstand sie plötzlich, dass ihr Kind eine große Künstlerin war.

Was bisher heimlich all die Jahre wie eine stille Sorge in ihrem Gemüt lag, die Frage, ob sie recht getan hatte, ihr Kind diesen Weg gehen zu lassen, das fiel jetzt von ihr ab.

Klar und ruhig ruhte nun ihr Blick auf ihrem Kind, und ihr Herz sagte froh:

„Ja, es hat so sein müssen, Gott selbst hat ihr dieses herrliche Talent gegeben, so etwas ist nicht von der Welt, das kommt aus dem Himmel!"

Ihr Herz tat langsame, volle Schläge, und in heiliger Wonne gab sie sich dem Zauber hin, den die rührende Gestalt der Elisabeth ausstrahlte auf alle Anwesenden.

Tonerl war voll Feuer und Flamme bei der Aufführung. Als sich Elisabeth zwischen die streitenden Sänger warf und sich schützend vor den Tannhäuser stellte, seufzte sie erschrocken:

„O mei Herrgott! sie werden dem Burgerl doch nix antun?"

Frau Dr. Moritz saß im stillen Genießen auf ihrem Platz. Auch ihre Augen glänzten vor Entzücken. Viel hatte sie erwartet von Walpurgas Leistung, aber ihre höchsten Erwartungen waren weit, weit übertroffen worden.

Nun fiel der Vorhang. Da erhob sich ein wahrer Sturm der Begeisterung im Zuschauerraum.

Walpurga hatte schon in diesem einen Akt alle Herzen gewonnen. Donnernder Applaus wollte kein Ende nehmen. Wieder und wieder musste Walpurga erscheinen, und jauchzende Bravorufe tönten ihr entgegen.

In einer kleinen Loge dicht an der Bühne saß Richard Wagner. Mit strahlenden Augen hatte er Walpurgas Leistung verfolgt, und oft nickte er vor sich hin, als wollte er sagen: „Gut, gut, vortrefflich!"

Als sich der Beifallssturm endlich zu legen begann, stürmte er hinter die Kulissen und schloss Walpurga, sie auf die Stirn küssend, in die Arme. Er sprach kein Wort, aber das zeigte Walpurga deutlich genug, wie zufrieden er war. Lange hielt sie nicht auf, da sie sich umkleiden musste.

Draußen im Zuschauerraum saßen vier fassungslose Menschen. Dieser jubelnde Beifall, den all diese Leute Walpurga zollten, hatte von neuem die Fassung der Försterin und Tonerl erschüttert. Sie weinten beide vor Freude und lachten sich doch unter Tränen wieder an.

Ganz gleichgültig war es ihnen, dass man sie von allen Seiten lächelnd betrachtete. Jetzt hatten sie keine Angst mehr.

„Gelt, Mutterl, unser Burgerl, die kann's. Wie eine Königin hat sie ausg'schaut. Und so viel lieb und schön! Gelt, ein Wunder is dös net, dass die Leut' all' so geklatscht und g'rufen haben, gar kein Wunder net!" sagte Tonerl als sie ihrer Tränen Herr geworden war.

Und dann begann auch schon der letzte Akt.

Elisabeth lag in ihrem weißen Gewand vor dem Muttergottesbild und betete. Ach, wie rührend und holdselig erschien sie erst in diesem Akt in ihrer Angst und Sorge um den fernen Geliebten, der als Pilger nach Rom wallfahrtete, um seine Sünden abzubüßen.

Wie angstvoll suchte sie dann unter den heimkehrenden Pilgern den einen, den ihre Seele herbeisehnte. Und als sie ihn nicht fand, als sie hörte, dass er, er allein keine Verzeihung vom Papst erhalten hatte, da sank sie in sich zusammen.

Als sie den Berg emporstieg, um zu sterben an ihrer Liebe und Treue, da standen noch in vielen anderen Augen Tränen.

Eine gottbegnadete Künstlerin hatte alle in ihren Bann gezogen.

Als die Vorstellung zu Ende war, brachen von neuen Beifallsstürmen los. Der Jubel wollte kein Ende nehmen. Immer wieder musste Walpurga erscheinen.

Ihre Augen suchten nach ihren Lieben, die gleich den anderen ganz begeistert Beifall klatschten.

Ein sonniges Lächeln flog zu ihnen hinüber, und Tonerl winkte aufgeregt mit dem Taschentuch der Schwester zu.

Es war ein Erfolg ohnegleichen, den Walpurga errungen hatte. Von diesem Tag an war sie der Liebling des Münchner Publikums.

Jedes Mal, wenn sie in Zukunft auftrat, war das Theater ausverkauft. Die Zeitungen brachten einstimmig die besten Kritiken, und der Intendant erhöhte Walpurgas Gage freiwillig unter der Bedingung, dass die junge Sängerin den bereits unterzeichneten Kontrakt um einige Jahre verlängerte.

Walpurga ging darauf ein, denn das Angebot war glänzend. Auch waren ihr jedes Jahr einige Monate zu Gastspielen freigestellt.

Ihre Zukunft lag völlig gesichert vor ihr da. Sie brauchte nicht mehr die Hilfe des Königs in Anspruch nehmen.

Was hätte sie darum gegeben, wenn sie etwas von ihrer Dankesschuld an den König hätte abtragen können. Aber daran war nicht zu denken. Sie wagte gar nicht, diesem Wunsch Ausdruck zu geben.

Frau Dr. Moritz war der jungen Künstlerin eine treusorgende Mutter. Sie verwaltete Walpurgas Einnahmen und wies sie immer darauf hin, dass sie sparen müsse.

„So viel Geld verleitet oft zu leichtsinnigen Ausgaben, mein liebes Kind. Deshalb musst du dich von Anfang an daran gewöhnen, immer etwas für später zurückzulegen. Wenn du vernünftig bist, kannst du dir ein schönes Vermögen erwerben", sagte sie.

Walpurga sah ein, dass Frau Doktor Recht hatte, und versprach nach ihren Ratschlägen zu handeln.

Margarete, die junge Baronin Wetzlaff, war mit ihrem Gatten auch in der Vorstellung bei Walpurgas erstem Auftreten gewesen.

Das junge Ehepaar war ebenfalls begeistert und entzückt, und Margarete lud Walpurga immer wieder dringend ein, sie zu besuchen.

In Zukunft lernte Walpurga im Haus ihrer Freundin eine Menge Leute aus der Aristokratie kennen. Sie gehörte bald zu den besten Gesellschaftskreisen und war auch außerhalb des Theaters der Liebling der Gesellschaft.

Da Walpurga aber viel austreten musste, sorgte Frau Doktor dafür, dass sie sich nicht zu viel zumutete, damit sie frisch und gesund blieb.

Walpurgas Jugendkraft setzte sich aber elastisch über alle Strapazen hinweg. Sie war so ganz mit Leib und Seele Künstlerin, dass sie nichts zu schwer fand.

Ihre Lieben im Försterhäusl waren noch wochenlang nach ihrem ersten Auftreten außer Rand und Band. Tonerl schwatzte von früh bis spät von ihrer berühmten Schwester, und die Mutter ging immer lächelnd, innerlich beglückt einher.

Wenn ein Briefchen von Walpurga kam oder ganze Bündel Zeitungsberichte über ihr Auftreten, dann ließen die beiden alles stehen und liegen und verschlangen erst jedes Wort mit strahlenden Augen.

Oft kamen auch allerlei Geschenke für ihre Lieben von Walpurga an. Es war so schön für sie, von eigenem Gelde für Ihre Lieben zu kaufen.

Der Förster las diese Berichte des Abends, wenn er seinen Dienst beendet hatte. Und Sepperl bekam von Tonerl alles erzählt, wenn er ins Forsthaus kam. Wenn die beiden sonst auch vor lauter Neckerei nie einig waren, über eins waren sie immer derselben Meinung, dass Walpurga als Elisabeth wundervoll ausgesehen und gesungen hatte.

Sepperl konnte ganz poetisch werden, wenn er darauf zu, sprechen kam, und Tonerl war dann gar kein bisschen kratzbürstig zu ihm.

20 Kapitel

Der Liebling des Publikums

Zwei Jahre war Walpurga nun schon in München engagiert, und immer mehr sang und spielte sie sich in die Gunst des Publikums hinein. Ihr Name wurde auch außerhalb Münchens mit Begeisterung genannt.

Zweimal war sie schon auf Gastspielreisen während Ihres Urlaubs gewesen und hatte in Berlin, Wien und Dresden Lorbeeren gepflückt.

Wo Richard Wagners und König Ludwigs Namen genannt wurden, da sprach man sicher auch von dem berühmten Schützling dieser beiden Männer.

In München riss man sich um Walpurgas Gesellschaft. Sie konnte sich schließlich vor Einladungen kaum noch retten und musste sehr viele ablehnen.

Es war durchaus nicht nur ein Vorwand, wenn Walpurga bei derartiger Ablehnung zur Entschuldigung anführte, dass ihr Beruf sie zu sehr in Anspruch nehme und ihr wenig frei Zeit lasse.

Immer wieder bekam sie neue große Rollen, die sie einstudieren oder repetieren musste.

Die Oper war gut besucht, wenn Walpurga auftrat und meist war das ganze Haus ausverkauft.

Walpurga ging dann aber auch völlig auf in ihrem Beruf, und bedauerte es gar nicht, dass sie so viele Einladungen zurückweisen musste.

Sehr bald hatte sie eingesehen, dass hinter dem blendenden Glanz dieses Gesellschaftslebens viel innere Hohlheit und Heuchelei versteckt waren.

Sie konnte ihrem verehrten König jetzt sehr wohl nachempfinden, dass er sich von all solchem Treiben zurückzog in die Einsamkeit der Berge.

Margarete bedauerte am lebhaftesten, dass Walpurga oft absagte, wenn sie eingeladen wurde von ihr.

„Siehst du, Walpurga, mein Salon hat durch dich einige Berühmtheit erlangt. Alle unsere Bekannten sagen: Wenn die Malwinger nirgends zu treffen ist, bei Wetzlaffs findet man sie bestimmt! Also bei mir darfst du dich nicht so rar machen wie anderswo, das verlange ich in Anbetracht unserer alten Freundschaft!"

So sagte sie eines Tages zu Walpurga, und diese versprach lächelnd, nur bei ganz dringender Abhaltung Margaretes Festen fernzubleiben.

Walpurga hätte sich schon einige Mal glänzend verheiraten können. Ihre Schönheit und Holdseligkeit erwarb ihr viele Verehrer. Aber sie schenkte keinem von allem Gehör. Ihr Herz gehörte für ewige Zeiten in Verehrung und Liebe ihrem königlichen Herrn.

Nie dachte sie daran, sich zu vermählen. Dazu hing sie auch viel zu sehr an ihrer Kunst.

Am behaglichsten war Walpurga immer zumute, wenn sie nach einer anstrengenden Vorstellung mit Frau Doktor daheim in ihrem traulichen Wohnzimmer saß. Dann stand der leise singende Teekessel vor ihr, und Frau Doktor verwöhnte und verhätschelte ihren Liebling.

Walpurga berührte es oft tief, wenn sie sah, wie die alte Dame alles tat, ihr ein behagliches Dasein zu schaffen. Einmal sagte die junge Sängerin lächelnd zu ihr:

„Eigentlich habe ich zwei Mütter, eine in München und eine daheim im Försterhäusl. Soviel Glück verdiene ich gar nicht, und du verwöhnst mich ganz entsetzlich, liebste, beste Pflegemutter!"

„Kind", antwortete Frau Doktor, „wenn du wüsstest, wie gern ich Mutterstelle an dir vertrete. Bist du doch dafür gegen mich wie eine wirkliche Tochter. Ohne dich stünd' ich ganz allein in der Welt!"

Die beiden Frauen lebten sehr harmonisch und glücklich in ihrem hübschen, kleinen Heim miteinander.

Den König sah Walpurga noch ebenso oft wie früher, vielleicht sogar noch öfter.

In vielen Separat-Vorstellungen hatte sie noch auftreten müssen. Es gab wohl kaum eine Rolle, in der sie der König nicht gesehen hätte.

Glückselig war Walpurga, wenn sie merkte, dass ihre Kunst dem König einige frohe Stunden schaffte. Denn im Ganzen sah man ihn nur noch mit düsterem, freudlosem Gesicht.

Sehr oft wurde Walpurga, wenn der König nicht in München weilte, auf eins seiner Schlösser eingeladen und musste dann vor ihm und der Königin-Mutter singen.

Die hohe königliche Frau war stets sehr gütig und freundlich gegen Walpurga, deren lautere Natürlichkeit und Seelenreinheit ihr Herz gewann.

Auch sah diese unglückliche Mutter, dass Walpurgas Gesang und Geplauder stets die Düsterkeit aus den Zügen ihres Sohnes vertrieb.

Zu sehr litt ihr Mutterherz unter dem immer mehr zunehmenden Leiden des Königs. Sie fühlte daher sehr wohl, dass Walpurga sich um des Königs Zustand sorgte. Das verband die Herzen der beiden Frauen miteinander, und wenn auch die eine auf dem Fürstenthron geboren war und die andere im schlichten Forsthaus, sie fühlten sich eins in der heimlichen, schweren Sorge um des Königs Wohl.

Schien Walpurgas Leben auch äußerlich nur für lichten, glanzvollen Höhen dahinzuwandern, so war sie doch nicht so glücklich, als sie nach Lage der Dinge hätte sein können.

Ihr Herz hing zu innig an dem König, als dass sie recht froh geworden wäre. Das Bewusstsein, dass er litt und dass sein Leiden mehr und mehr seinen Sinn verdüsterte und seinem Wesen den Stempel tiefer Melancholie ausdrückte, erfüllte sie mit schwerer, banger Sorge.

Wurde sie zum König befohlen, damit sie ihm vorsinge oder ein Weilchen, wie in alter Zeit, mit ihm plauderte, so beobachtete sie ihn mit heimlicher Sorge.

Und wenn es ihr dann gelungen war, ihn aufzuheitern, dann fühlte sie sich auf kurze Zeit unsagbar glücklich.

Allem Glanz hätte sie freudig entsagt, wenn sie damit des Königs Gesundheit hätte zurückkaufen können.

Aber immer schwerer wurde es, den König aufzuheitern. Immer öfter bemerkte sie mit schmerzlicher Trauer, dass seine Gedanken, auch wenn sie mit ihm plauderte, abschweifen, dass er ihr fremd und ohne Bewusstsein in die Augen blickte.

Das tat ihr weh und nur mühsam vermochte sie sich dann zu beherrschen, um nicht in Tränen auszubrechen.

Dieser Schmerz um den König vertiefte und veredelte ihre Kunst mehr und mehr. Die Zahl ihrer Bewunderer und Verehrer vermehrte sich, und auch die schärfsten und gefürchtetsten Kritiker waren ihres Lobes voll.

Nun hatte Richard Wagner inzwischen seine Oper *Parsival* beendet, und diese sollte im Jahr 1882 zum ersten in Bayreuth aufgeführt werden.

Schon im Jahr 1881 hatte König Ludwig das Protektorat über die Bühnenfestspiele in Bayreuth übernommen, und er hatte bestimmt, dass Chor und Orchester des Münchner Hoftheaters während zweier Monate Richard Wagner für Bayreuth zur Verfügung gestellt wurden.

Auch einige Solisten des Münchener Hoftheaters sollten in der *Parsival*-Aufführung mitwirken. Unter diesen natürlich an erster Stelle Walpurga Malwinger.

Der König war jetzt nicht mehr zu bewegen, sich eine Oper inmitten einer großen Volksmenge anzuhören. Er wünschte deshalb, dass ihm *Parsival* zuerst in einer Separatvorstellung vorgeführt werden sollte.

Als dann aber schon alles vorbereitet war, fühlte sich König Ludwig so krank, dass er selbst Abstand von dieser Extravorstellung nahm.

So hörte der König die Erstaufführung des *Parsival* nicht mit. Später hat er sich die Oper freilich einige Mal vorführen lassen.

Auch die Erstaufführung der Oper *Parsival* war wieder ein glänzender Erfolg für Wagner. Und von allen den berühmten Künstlern, die in dieser Aufführung mitwirkten, war es wieder Walpurga, die man am meisten bewunderte.

Es waren wieder Tage großer künstlerischer Befriedigung für Walpurga. In ihr Glück fiel nur leider wieder ein Wermutstropfen — der Gedanke an dem kranken König.

Nach der Aufführung des *Parsival* schrieb Richard Wagner an König Ludwig einen langen Brief, in dem er ihm alles darüber berichtete und ihm zugleich mitteilte, dass er sein Lebenswerk nun für beendet halte, dass er in Zukunft nichts mehr schaffen werde.

Das war der letzte Brief, den der Meister an seinen großmütigen, königlichen Freund und Gönner richtete.

Bisher war Richard Wagner jedes Jahr mindestens einmal nach München gekommen. Stets wurde er dann in gleicher Huld und Güte von König Ludwig empfangen.

Als er aber einige Wochen nach der *Parsival*-Aufführung nach München kam und beim König um eine Audienz nachsuchte, konnte ihn dieser nicht vorlassen, weil er sich sehr krank und elend fühlte.

Das war dem Meister noch nie geschehen, dass er vor dem König eine Fehlbitte getan hätte. Sehr betrübt und verstimmt verließ er das Schloss und fuhr nach der Wohnung Walpurgas.

Er traf diese in Gesellschaft von Frau Dr. Moritz daheim und wurde erfreut und herzlich aufgenommen. Gern nahm er eine Tasse Tee bei den Damen und machte seiner betrübten Stimmung Luft. Er erzählte Walpurga sein Missgeschick.

Diese nickte traurig und sah Richard Wagner angstvoll an.

„Meister, lieber Meister, Seine Majestät muss sich sehr, sehr krank fühlen, sonst hätte er Sie unmöglich abgewiesen."

Richard Wagner stützte sein Haupt in die Hand und seufzte:

„Ja, ja, die leidigen Gebrechen des Körpers halten auch den größten Geist in dumpfer Haft", sagte er halblaut wie zu sich selbst.

Walpurga sah ihn schwer atmend an.

„Ach, Meister, ich fürchte ja so sehr, dass Seine Majestät nicht nur körperlich leidet. Am meisten leidet sein Gemüt – sein Geist. Und das ist's, was mir die größte Sorge macht", sagte sie beklommen.

Wagner gegenüber sprach sie sich einmal alle Sorge um den König offen vom Herzen. Wusste sie doch, dass der Meister in dem König einen ebenso großen Wohltäter verehrte wie sie selbst.

Einen Trost konnte ihr Wagner auch nicht geben. Er selbst fühlte sich übrigens auch nicht sehr wohl, und teilte Walpurga mit, dass er in nächster Zeit zu seiner Erholung nach Venedig reisen wolle.

Richard Wagner blieb so lange bei Walpurga, bis diese ins Theater aufbrechen musste. Er begleitete sie und verabschiedete sich dann herzlich von ihr, mit dem Bemerken, dass er sich noch einen Akt der Vorstellung anhören wollte, um Walpurga vor seiner Abreise noch einmal zu hören.

Beide riefen sich zuletzt „Auf Wiedersehen!" zu.

Und als der erste Akt vorüber war – man spielte die *Walküre*, und Walpurga trat als Sieglinde auf –, erhob sich Richard Wagner in seiner Loge und winkte Walpurga verstohlen noch einen letzten Gruß zu, ehe er das Theater verließ und zum Bahnhof fuhr.

Weder er noch Walpurga ahnten bei diesem Gruß, dass es der letzte gewesen war, den sie für alle Zeiten ausgetauscht hatten.

Richard Wagner reiste wirklich bald darauf nach Venedig. Und dort sollte ihn am 13. Februar 1883 der Tod ereilen. Sein herrliches Lebenswerk hatte er, wie er sich immer gewünscht hatte, vollenden können. Nun er sich ausruhen wollte von diesem Lebenswerk, schloss ihm der Tod die Augen für immer.

Zahllos waren die Trauerkundgebungen des deutschen Volkes. Alle, auch seine Feinde, wussten, dass ein Genie dahingegangen war, wie es nur selten eins auf Erden gegeben hatte.

Auf König Ludwig wirkte die Todesnachricht geradezu erschütternd. Unsagbar bedauerte er, dass er den geliebten und verehrten Meister das letzte Mal nicht hatte empfangen können.

Er schickte seinen Adjutanten sofort nach Venedig, der in seinem Namen einen herrlichen Kranz auf den Sarg Richard Wagners legen musste.

Tieftraurig verbrachte er die Tage nach dem Tod seines Freundes, dem er lächelnd und in unwandelbarer Güte die größten Opfer gebracht hatte, um sein Lebenswerk zu fördern.

Von dem Tag an, da, die Trauerbotschaft eintraf, ließ König Ludwig nicht mehr in seinen Schlössern musizieren. Die Klaviere wurden mit schwarzen Trauerfloren behängt. So ehrte der König noch den Toten, wie er auch den Lebenden geehrt hatte.

Mit keinem Menschen sprach der König über seinen dahingeschiedenen Freund, nur mit Walpurga. Ihr allein traute er das Verständnis dafür zu, was er in dem Freund verloren hatte.

Walpurga hatte in Bayreuth der feierlichen Beisetzung des verstorbenen Meisters beigewohnt, und von ihr ließ sich der König alle Einzelheiten dieser ernsten Feier berichten.

Er wusste, dass Walpurgas warme, begeisterte Verehrung Richard Wagner gehört hatte. So plauderte er zuweilen mit ihr über den Verstorbenen. Sie suchten dann allerlei Erinnerungen hervor. Noch oft gedachten sie des

Tages, da Richard Wagner mit dem König die Elisabeth auf dem abgeschlagenen Baumstumpf entdeckt hatte.

Lächelnd sprachen sie über den jugendlichen Enthusiasmus, der Richard Wagner beherrscht hatte, als er Walpurga das erste Mal hatte singen hören.

Aber mitten in einem solchen Gespräch kam es jetzt zuweilen vor, dass der König plötzlich verstummte und geistesabwesend vor sich hinstarrte.

Walpurga hätte dann immer vor Schmerz laut aufschreien mögen, so elend und verfallen konnte der König dabei aussehen. Mit halberstickter Stimme sang sie dann leise irgend ein schlichtes Lied.

Das übte noch immer eine beruhigende Wirkung auf ihn aus. Er fand sich dann aus seinem Dahinbrüten zurück, und sich zu einem Lächeln zwingend, pflegte er zu sagen:

„Waldvöglein, solange Deine Lieder noch Eingang in mein Herz finden, kann ich doch noch nicht ganz verloren sein!"

Meist entließ er sie aber dann ziemlich hastig. Auch sie sollte nicht Zeugin seines Leidens sein, das er so gern vor aller Augen verborgen hätte.

21. Kapitel

Das letzte Lied

Es war, als habe Richard Wagners Tod vollends alle Widerstandskraft des Königs gegen sein Leiden gebrochen. Sein Zustand verschlimmerte sich in bedenklicher Weise.

Walpurga sah mit namenlosem Jammer im Herzen, wie ihr königlicher Beschützer mehr und mehr in die Nacht seiner Krankheit verfiel.

Immer seltener wurde sie in seine Nähe befohlen, und ihr einziger Trost war nur, dass Sepperl, der noch immer des Königs liebster Diener war, sie immer über des Königs Zustand auf dem Laufenden erhielt.

*   *
*

Richard Wagner war bereits zwei Jahre tot, als der König eines Tages Walpurga nach Schloss Neuschwanstein befahl, wo er jetzt meistens seinen Aufenthalt hatte.

Walpurga hatte an diesem Tag nicht aufzutreten und nahm die Einladung des Königs umso lieber an, als sie hoffte, bei dieser Gelegenheit ihren Eltern einen kurzen Besuch abstatten zu können. Es blieb ihr jetzt ohnedies selten Zeit für einen Aufenthalt im Forsthause.

Als Walpurga in Neuschwanstein eintraf, erwartete sie Sepperl schon, um sie sofort zum König zu führen.

Während er sie durch die langen Zimmerreihen führte, berichtete er ihr leise, dass der König einige sehr schlechte, unruhige Nächte gehabt hätte.

Walpurga war so vorbereitet, den König nicht sehr wohl zu finden.

Als sie aber dann vor ihm stand, erschrak sie doch bis ins innerste Herz über sein elendes, kränkliches Aussehen.

Aber wie in seinen besten, heitersten Tagen empfing er sie voll Güte.

„Waldvöglein, bist du böse, dass ich dich mitten im Winter aus deinem behaglichen Heim auf mein einsames Schloss befohlen hab?", fragte er mit dem schönen, gütigen Lächeln, das in seinen gesunden Tagen alle Welt entzückt hatte, und reichte Walpurga die Hand.

Sie verbeugte sich tief und drückte ihre Lippen auf seine Hand.

„Eure Majestät können mich mit nichts mehr erfreuen als mit der Erlaubnis, dass ich vor Eurer Majestät Angesicht erscheinen darf", sagte sie mit so ehrlichem Ausdruck, dass er ihr glauben musste.

Und er wusste ja nur zu gut, wie ihm dieses Mädchens Herz in Liebe und Dankbarkeit ergeben war.

Der König nahm Platz und lud durch eine Handbewegung Walpurga zum Sitzen ein. Dann sagte er sinnend:

„Ich habe in den letzten Tagen so viel an die Zeiten zurückdenken müssen, da ich zuerst im Haus deiner lieben, braven Eltern eine friedliche Zufluchtsstätte fand, wenn ich auf der Flucht war vor den Menschen – und vor mir selbst. Jetzt, mein liebes Kind, kann mir auch diese Zufluchtsstätte keinen Frieden mehr bringen, ich finde ihn nirgends mehr.

Heute bekam ich aber große Sehnsucht nach dir, nach deinen Liedern. Sie waren noch immer Balsam für mein wundes Herz. Und noch einmal möchte ich diesen Balsam auf mich wirken lassen. Setze dich an den Flügel, Waldvöglein! Er trägt noch den Trauerflor um meinen Freund Wagner. Nur dieses, eine, letzte Mal noch soll er zu einem Lied ertönen, das du mir singen sollst. Lass es ein schlichtes Lied sein, wie es dir das Herz gerade eingibt. Sing mir ein Lied, Waldvöglein!"

Walpurga stiegen die Tränen auf. Trotzdem der König klar und heiter schien, hatte sein Zustand ihr noch nie so sehr das Herz zerrissen wie heute.

Mit zitternden Knien erhob sie sich und ließ sich am Flügel nieder.

Der König lehnte sich in seinem Sessel zurück und sah ihr nach, wie sie in graziöser Anmut durch das Zimmer schritt. Sie war eine wahrhaft königliche Erscheinung und schien in dieses stolze Schloss zu passen, als sei sie darin geboren.

Ein Lächeln huschte um des Königs Mund. Er dachte an das muntere Burgerl mit dem roten Röckchen und bloßen Füßen, wie er es damals auf der Bank vor dem Forsthaus gefunden hatte.

Wahrlich, das muntere, kleine Waldvöglein hatte sich zu einem königlichen Schwan entfaltet.

Aber — ein Schatten trübte plötzlich sein lächelndes Gesicht — glücklich war Walpurga dennoch nicht geworden. Das fühlte der König in diesem Augenblick, wo er ihr liebevolles, junges Gesicht am Flügel erblickte, mit voller Gewissheit.

Nein, glücklich war sie nicht geworden. Und er wusste auch, warum, wusste ganz genau, dass ihr Herz um ihn litt.

202

„Ich bringe Unheil allen denen, die mich lieben", dachte der König in selbstquälerischer Pein.

Trübe stützte er den Kopf in die Hand, und als nun Walpurga leise das Vorspiel begann, schloss er die Augen.

Die junge Sängerin hatte nicht lange gezaudert und überlegt, was sie singen sollte. Wie von selbst drängte sich ihr ein Lied auf, ein Lied, in dem so viel trostreiche Verheißung lag.

Und ihre ganze Seele legte sie in dieses Lied. In großer Innigkeit erklangen die Worte:

> „Die linden Lüfte sind erwacht,
> Sie säuseln und wehen Tag und Nacht;
> Sie schaffen an allen Enden.
> O frischer Duft, o neuer Klang,
> Nun, armes Herze, sei nicht bang
> Nun muss sich alles, alles wenden.
>
> Die Welt wird schöner mit jedem Tag,
> Man weiß nicht, was noch werden mag.
> Das Blühen will nicht enden.
> Es blüht das fernste, tiefste Tal,
> Nun, armes Herz, vergiss die Qual,
> Nun muss sich alles, alles wenden."

So wunderbar ergreifend wie heute hatte Walpurga noch nie gesungen. Ihr ganzes Empfinden lag in dem Lied und der heiße Wunsch, dass die belebende Hoffnung, die in diesem Lied liegt, des Königs Herz erfüllen möchte, gab ihrem Gesang eine besondere Macht.

Der König saß, als sie geendet hatte, in sich zusammengesunken da, und Walpurga sah erschüttert, dass zwischen seinen Lidern Tränen hervorperlten.

Dieser Anblick brachte sie um ihre Selbstbeherrschung. Durch das Zimmer eilend, warf sie sich dem König zu Füßen, und ihre Lippen auf seine Hand pressend, schluchzte sie so haltlos und schmerzlich bewegt, dass es ihren ganzen Körper erschütterte.

Der König blickte erschrocken auf sie herab. So fassungslos hatte er Walpurga noch nie gesehen.

Doch mit großer Willenskraft zwang Walpurga auch heute ihre furchtbare Erregung nieder, in dem Bestreben, dem König jede Aufregung zu ersparen. Nur mit leidenschaftlichem Flehen in ihren schönen Augen sah sie zu ihm auf und sagte innig:

„Eure Majestät mögen mir doch erlauben, hier zu bleiben. Eure Majestät sind so leidend. Ich erflehe es als eine hohe Gnade, Eure Majestät pflegen und erheitern zu dürfen. Viel, zu viel sind Eure Majestät allein. Das tut nicht gut. Mein Herz ist vom Jammer zerrissen, weil ich sehe, dass mein hoher königlicher Herr leidet. Ich will ja nicht, gar nichts vom Leben als die Möglichkeit, Eurer Majestät Leiden ein wenig lindern zu dürfen!"

Da nahm der König mit einer zarten, gütigen Bewegung ihren Kopf in seine Hände und sah ihr lange in die Augen. Dann sagte er leise:

„Waldvöglein, Sonnenscheinchen, ich hab' es ja gewusst, dass ich mich von dir trennen muss, deinetwegen!"

„Majestät!", stammelte Walpurga erschrocken.

Der König nickte ernst und fuhr fort:

„Ja, lieber, kleiner Singvogel, es muss sein. Lange habe ich mich davor gefürchtet, dich von meinem Angesicht zu verbannen, aber jetzt ist es höchste Zeit. Du gehörst in die Sonne, ins Leben. Der düstere Schatten; der deinen unglücklichen König umgibt, ist kein Aufenthalt für dich. Deine Lieder gehören der Welt, jenen Menschen, die dein Gesang noch gesund machen kann. Mir hilft er nicht mehr.

Und ehe ich zu schwach werde, mir selbst meine letzte Lebensfreude zu rauben, will ich dich, zu deinem Heil, von mir weisen. Dein Frohsinn soll nicht vollends verloren gehen. Du hast mich lieb, Walpurga, ich weiß es, lieber vielleicht, als sonst noch ein Mensch auf der Welt. Ich weiß, du würdest mir freudig jedes Opfer bringen, würdest dich ohne Zögern selbst ins Verderben stürzen, wenn du mir helfen könntest. Aber es stünde mir schlecht an, dieses Opfer anzunehmen.

Auch wenn du mir helfen könntest, würde ich's nicht annehmen. Du bist jung und gesund, und dein herrliches Talent soll noch vielen Menschen Freude machen. Ich fühle, dass es die höchste Zeit ist für dich, dass wir uns trennen."

Walpurga streckte flehend die Hände zu ihm empor.

„Nur das nicht, Majestät, nur das nicht! Eure Majestät dürfen mich nicht verbannen. Was liegt an mir! Kann ich mein Dasein schöner nützen, als wenn ich Eurer Majestät zuweilen, wie bisher, eine frohe Stunde schaffen darf?"

„Ja, Walpurga, höre mich! Eine bessere Aufgabe stellt das Leben an dich, als einen kranken König zu zerstreuen. Es soll und muss geschieden sein. Ich will dich nicht mit mir in Nacht und Grauen hinabreißen. Du bist ein Sonnenkind und sollst es bleiben. Und ich möchte in deinem Andenken leben, so, wie ich jetzt bin, und nicht, wie ich sein werde, wenn mich mein Leiden erst vollends zerstört hat. Steh auf, mein Kind, und fasse dich!"

Walpurga fühlte sich wie zerschmettert in diesem Augenblick.

„Majestät!", rief sie erschüttert.

Da erhob er sich mit königlicher Gebärde und sah ernst auf sie herab. „Ich will es!", sagte er hoheitsvoll.

Sie erhob sich zitternd und krampfte die Hände zusammen. Ein Blick in sein Gesicht zeigte ihr wie seine Worte, dass es sein Wille war, sie für immer zu verbannen. Bleich und verstört wandte sie sich der Tür zu. Als sie einige unsicher tastende Schritte getan hatte, war die Strenge aus seinem Gesicht gewichen. Warmes Mitleid mit diesem jungen Geschöpf erfüllte sein Herz. Es wurde ihm so schwer, sie aufzugeben.

„Sonnenscheinchen!", sagte er leise, mit gütigem Ausdruck.

Rasch wandte sie sich um, in der Hoffnung, dass er anderen Sinnes geworden war.

„Eure Majestät befehlen?", fragte sie hastig.

„Willst du so von mir gehen? Soll ich nicht ein letztes Lächeln von dir in der Erinnerung behalten dürfen?"

Da lächelte sie. Es war ein herzzerreißendes Lächeln voller Schmerzen und verriet mehr als tausend Tränen.

Der König atmete schwer.

„Nun sing noch einmal die letzten Worte deines Liedes von vorhin!", bat er, sie voll und groß ansehend.

Und da sang Walpurga mit leiser, im Schmerz gebrochener Stimme:

„Nun, armes Herz, vergiss der Qual,
Nun muss sich alles, alles wenden."

Da wandte sich der König hastig mit zuckendem Gesicht ab und winkte ihr zu, sich zu entfernen.

Sie schritt zur Tür wie eine zum Tod Verurteilte und hörte es nicht mehr, dass der König vor sich hin flüsterte:

„Da erlischt mein letzter Sonnenstrahl. Leb wohl, Waldvöglein!"

Draußen im Vorzimmer, in dem sich nur Sepperl befand, brach Walpurga mit einem dumpfen Laut zusammen.

Sepperl eilte bestürzt an ihre Seite und beugte sich über sie.

„Burgerl, aber Burgerl, was ist Dir denn? Komm doch zu Dir! Was ist denn geschehen, um aller Heiligen willen?" rief er erschrocken.

Walpurga kam wieder zu sich, und mit blassem, verstörtem Gesicht ihn ansehend, ließ sie sich von ihm aufheben und sagte dann tonlos:

„Er will mich nie, nie mehr wiedersehen. Ach, Sepperl, Sepperl, er ist so krank und elend, und ich soll ihn nimmer wiedersehen!"

Sepperl suchte sie zu beruhigen.

„Seine Majestät meinen das nicht so streng, Burgerl, hast ihn wohl nur net recht verstanden!" sagte er tröstend.

Sie schüttelte traurig den Kopf.

„Du meinst es gut, Sepperl, aber ich weiß es besser. Nie lässt er mich mehr vor sein Angesicht!" sagte sie schmerzlich

„War er denn gar so bös?" fragte er beklommen.

„Nein, nein, er war gütig wie immer!" antwortete sie und sagte ihm hastig, weshalb sie der König verbannte. Sepperl kratzte sich hinter den Ohren.

„Ja freilich, da is halt nix zu machen!" meinte er seufzend.

Walpurga aber fasste ihn mit Heftigkeit am Arm. „Sepperl, Du bist mein Freund, mein treuer Freund, nicht wahr?"

Er nickte energisch.

„Da kannst Dich fest drauf verlassen, Burgerl!" versicherte er.

Sie neigte sich an sein Ohr und flüsterte:

„Du musst mir helfen, Sepperl, ich ertrage es nicht, ihn nie mehr zu sehen!"

Sepperl erschrak.

„Ja, aber wie denn, Burgerl?" fragte er.

Walpurga überlegte eine Weile, dann flüsterte sie hastig:

„Du musst mir zuweilen Gelegenheit schaffen, dass ich den König sehen kann!"

‚Aber wenn es Seine Majestät doch nicht will, Burgerl!" entgegnete Sepperl.

„Er darf es natürlich nicht wissen, Sepperl, versteh' mich doch. Nur heimlich, und wenn es nicht anders geht, aus der Ferne will ich ihn zuweilen sehen. Sonst bringt mich die Angst um. Nicht wahr, Du hilfst mir? Ich will ja nichts, als mich zuweilen selbst von seinem Befinden zu überzeugen.

Wenn Du mich zum Beispiel in die Wohnung einlässt, die Du mit Deinem Vater bewohnst, dann könnte ich den König sehen, wenn er in dem Garten spazieren geht. Lieber Sepperl, Du musst mir helfen, ich kann mich ja an niemand wenden als an Dich!" bat Walpurga erregt.

Sepperl zögerte noch ein Weilchen. Dann reichte er Walpurga schnell die Hand.

„Weil Du es bist, Burgerl, will ich schon einmal ein kleines Unrecht auf mich nehmen. Weißt, sonst könnte mir einer eine Million bieten, i tät mich net einlassen, etwas gegen Seiner Majestät Willen zu tun. Aber weil i halt weiß, dass du dich vor lauter Sorg' in den Tod legen würdest, deshalb will i tun, was Du willst. I weiß ja, dass es nur aus lauter Lieb' und Verehrung für unseren Herrn geschieht.

Also i will schon dafür sorgen, dass Du ihn hin und wieder siehst. Und nun tu' mir die Lieb an und beruhige Dich. Vielleicht nimmt der König auch seinen Befehl zurück und lässt Dich doch wieder vor!"

Walpurga schüttelte den Kopf.

„Nein, nein, Sepperl, das war ein Abschied für immer; er will mich nie mehr sehen!" sagte sie traurig.

Sepperl seufzte.

„Gelt, arg krank schaut er aus?" fragte er bekümmert.

Walpurga nickte nur. Darauf sagte Sepperl sinnend:

„Weißt noch, Burgerl, wie er damals so schön und stolz ausg'schaut hat, als wir ihn drüben im Schloss Hohenschwangau zuerst sahen?"

Walpurgas Augen schimmerten feucht.

„Ob ich das noch weiß! Ach, Sepperl, wie grausam ist er doch verändert seit jener Zeit. Aber nun komm, führe mich hinunter zum Wagen, ich will am Forsthaus vorbeifahren und den Eltern „Grüß' Gott" sagen!"

Sepperl begleitete sie durch das Schloss. Am Wagen reichten sie sich stumm die Hände.

Die Fahrt bis zum Forsthaus verging Walpurga sehr schnell.

In traurige Gedanken versunken, achtete sie nicht auf den Weg und schrak empor, als der Wagen hielt.

Die Freude ihrer Eltern und Tonerls über ihren unerwarteten Besuch war so groß, dass Walpurga eine Weile ihren Schmerz um den König vergaß. Aber als sie dann ihren Lieben erzählte von dem Abschied, den der König von ihr genommen, da stürzten die Tränen wieder mit Macht hervor.

Die Försterin nahm ihr Kind liebreich in die Arme und tröstete es, wie nur eine liebevolle Mutter trösten kann. Und an der Brust der Mutter weinte sich Walpurga einmal gründlich aus. Danach wurde ihr etwas freier ums Herz.

Gefasster und etwas getröstet, fuhr sie am Abend nach München zurück.

Auch Frau Dr. Moritz tat alles, was sie ihrem Pflegetöchterchen an den Augen absehen konnte, um sie aufzuheitern.

Am nächsten Abend musste Walpurga wieder in der Oper auftreten. Und noch nie hatte sie so ergreifend gespielt und gesungen wie an diesem Abend.

Der herbe Schmerz um die Trennung von dem König hatte ihrer Kunst die höchste Weihe gegeben.

Ganz still und zurückgezogen lebte sie nun dahin, einzig in ihrer Kunst Trost und Vergessen suchend.

Selbst zu Margarete Wetzlaff ging sie nur noch selten. Aber wer das Glück hatte, sie dort zu treffen, der war entzückt und begeistert von ihrer vornehm stillen Art.

Wenn sie Urlaub hatte, rissen sich andere Bühnen um ein Gastspiel von ihr. Die glänzendsten Angebote wurden ihr gemacht, und Frau Doktor, die noch immer ihre Geschäfte führte, konnte nach solch einer Gastspielreise immer ein hübsches Sümmchen für Walpurga bei der Bank in sicheren Papieren anlegen.

Einige Tage aber behielt sich Walpurga immer frei für ihre Eltern, die sie dann im Forsthaus besuchte.

Auch dafür sorgte Walpurga, dass die Eltern, sowie auch Tonerl und Sepperl sie in jeder neuen Rolle sehen konnten. Sie ließ dann ihre Lieben nach München kommen und besorgte ihnen Einlasskarten.

Das waren immer Festtage für die schlichten Försters Leute. Und wenn sie dann mit Walpurga in ihrer ländlichen Tracht durch die Straßen gingen und die Leute sich anstießen und riefen: „Da ist unsere Malwinger!" da waren sie gar stolz, dass ihre berühmte Tochter sich gar nicht genierte, sich mit ihnen zu zeigen.

22. Kapitel

Tonerls Hochzeit

Sepperl hatte schon vor einiger Zeit in aller Form nach Landessitte um Tonerl angehalten.

Sie hatte ihm keinen Korb gegeben, sondern war von Herzen gern seine liebe Braut geworden.

Sepperl hatte dem König seine Verlobung gemeldet und hatte um die Erlaubnis nachgesucht, sich verheiraten zu dürfen.

Der König hatte diese Erlaubnis erteilt, und nun war die Hochzeit bestimmt worden. Am 1. Juli 1885 sollte sie stattfinden.

Der König hatte wirklich Walpurga nie mehr zu sich befohlen. Aber Sepperl hatte Wort gehalten und Walpurga zuweilen heimlich in die Wohnung seines Vaters eingelassen.

Hinter den Gardinen verborgen, konnte sie dann den König vorübergehen sehen, wenn er in den Garten ging und wenn er wieder von seinem kurzen Spaziergang zurückkehrte. Stets war sie dann sehr einfach gekleidet und dicht verschleiert, damit niemand sie erkannte.

Mit Jammer im Herzen musste sie sich überzeugen, dass der König immer leidender aussah. Aber es war ihr doch ein Trost, dass sie ihn zuweilen sehen konnte. Sie hätte sonst die qualvolle Unruhe nicht ertragen.

Der König hatte in seiner gütigen Weise Sepperl versprochen, dass er Schlosskastellan werden solle. Und wenige Tage vor der Hochzeit überwies er ihm dann auch die hübsche, geräumige Wohnung des Kastellans.

Natürlich bezog Sepperl als solcher auch ein höheres Gehalt, und der König sorgte auch noch großmütig dafür, dass Sepperl diese Wohnung und diesen Posten bis an sein Lebensende behalten durfte, so dass ihn auch nach des Königs Tod kein Mensch daraus vertreiben konnte.

Da der Dienst eines Kastellans nicht viel Zeit in Anspruch nahm, bat sich der König nur aus, dass Sepperl nach wie vor seine persönliche Bedienung übernahm. Er hatte sich so sehr an Sepperl gewöhnt, dass er ihn am liebsten um sich hatte.

Sonst lebte der König jetzt ganz und gar wie ein scheuer Einsiedler. Niemand als Sepperl durfte vor sein Angesicht. Nicht einmal seine Minister ließ er mehr vor. Diese mussten ihre Berichte schriftlich einreichen.

Am Morgen seines Hochzeitstages, als Sepperl den König angekleidet hatte, bat er um Urlaub für den Rest des Tages.

Der König schaute aus dumpfem Brüten auf.

„Was willst du, mein Sohn?"

„Eure Majestät geruhen gütigst, mich für meinen Hochzeitstag zu beurlauben", wiederholte Sepperl.

Der König besann sich eine Weile. Dann nickte er.

„Richtig, du hast Hochzeit heute. Sie wird doch im Försterhäuschen gefeiert, nicht wahr?"

„Ja, Majestät!"

Da nickte der König, wie in Erinnerung versunken, und ein schattenhaftes Lächeln flog über sein Gesicht; dann sagte er leise, wie traumverloren:

„Friedlich und still war es im Försterhäuschen, die Sonne schien so schön, die Vögel sangen. Und das kleine

213

Burgerl saß im roten Röckchen vor der Tür und lachte, lachte …"

Er schrak empor aus seinem Brüten und fuhr bewusster fort: „Sepperl, hast du das Burgerl schon wieder lachen hören, seit sie das letzte Mal hier war?"

Sepperl wusste vor Verlegenheit nicht, was er antworten sollte, und stammelte: „Eure Majestät verzeihen, aber ich sehe Burgerl so selten!"

Der König winkte hastig ab, als wollte er sagen: „Lass nur gut sein, ich weiß es auch ohnedies!" Und dann sagte er leise vor sich hin:

„Ich hab' ihr das goldene Lachen gestohlen."

Dann richtete er sich plötzlich wieder energisch auf und fragte: „Wird sie zu deiner Hochzeit kommen?"

„Ja, Majestät, sie hat es versprochen", antwortete Sepperl.

Da sah der König nach der Uhr.

„Hast du noch eine halbe Stunde Zeit?", fragte er hastig.

„Ja, Majestät", erwiderte Sepperl.

„Dann komm noch einmal zu mir, ehe du gehst!", befahl der König.

Er begab sich darauf selbst ins Gewächshaus und ließ sich vom Gärtner nach seiner eigenen Angabe zwei Buketts binden. Diese nahm er mit in sein Zimmer, und als Sepperl pünktlich eine halbe Stunde später eintrat, überreichte ihm der König die Sträuße.

„Diese roten Rosen nimmst du deiner Braut mit, Sepperl, mit einem Glückwunsch von mir. Und hier ist ein Strauß weißer Lilien, die übergibst du Walpurga. Sage ihr, sie soll mein Sonnenschein bleiben, auch wenn ich sie nicht mehr sehe, hörst du?"

Sepperl sah auf die wundervollen weißen Lilien herab und wiederholte, was er auszurichten hatte.

Der König nickte.

„So ist's recht. Und grüße sie von mir, sie soll nicht traurig sein!"

Nach diesen Worten winkte der König hastig ab, und Sepperl ging mit den Blumen hinaus.

Als er im Forsthaus eintraf, war alles schon in festlicher Erregung. Sepperl entledigte sich nun zuerst seines Auftrags an Walpurga. Sie fasste mit zitternden Händen nach den wundervollen weißen Blüten und barg ihr Gesicht darinnen.

Sie war sehr bleich geworden vor innerer Erregung, und doch war ihre Seele erfüllt von hoher Freude. Des Königs Worte und seine Blumen bewiesen ihr, dass er sie nicht vergessen hatte.

Mit einer stillen Freudigkeit ging sie umher. Immer wieder sagte sie sich die Worte vor, die ihr Sepperl getreulich ausgerichtet hatte.

Ganz fest nahm sie sich vor, seinen Wunsch zu erfüllen und nicht mehr traurig zu sein. Sein Sonnenscheinchen wollte sie bleiben, mochte es auch noch so schwer sein mit der Sorge um ihn im Herzen.

Sepperl war nun mit den roten Rosen zu seiner Braut geeilt. Tonerl glühte selbst wie ein Röslein vor Glück und Freude. Und eine gar lustige Hochzeit wurde gefeiert im trauten Försterhäusl.

Zuerst kam der Kirchgang. Und in der kleinen Dorfkirche sang Walpurga der Schwester dasselbe Brautlied, das sie damals ihrer Pensionsfreundin Margarete gesungen hatte.

Da lauschten die schlichten Landleute, die in der Kirche waren, als ob ein leibhaftiger Engel vom Himmel herabgestiegen sei. So etwas Schönes und Herrliches hatten sie ihr Lebtag noch nicht gehört. Und die Frauen schluchzten alle vor Rührung.

Dank des Königs Großmut konnte das junge Paar in eine sorglose Zukunft sehen. Da sie beide fröhliche Menschenkinder waren, hing ihnen natürlich der Himmel voller Geigen, und ein lustigeres Brautpaar konnte es gar nicht geben.

In aller Festfreude und Fröhlichkeit fand aber Walpurga einmal ihre Mutter in einem stillen Winkel. Sie weinte.

„Aber Mutterl, liebes Mutterl, warum weinst du denn?", fragte sie herzlich.

Die Försterin blickte ein wenig verlegen auf.

„Ach Kinderl, weißt, nun wird halt alles ausfliegen aus dem Försterhäusl. Eins nach dem anderen hab' i hergeben müssen, erst dich, dann den Sepperl, und nun auch noch das Tonerl. Jetzt sind wir zwei Alten ganz allein."

Walpurga streichelte der Mutter Wangen.

„Musst nicht traurig sein, liebes Mutterl. Schau, der liebe Gott hat für deine Kinder so gut gesorgt, dass du zufrieden sein kannst. Und ab und zu kommen wir doch alle wieder einmal ins heimatliche Nest, zu unserer herzlieben Mutter", sagte sie liebevoll tröstend.

Die Försterin drückte Burgerl ans Herz.

„Mein liebes Kind, wenn doch der Herrgott auch dir noch so einen recht lieben, braven Mann bescheren wollte, an dem du eine Stütze und einen Halt hast, wenn wir einmal die Augen zu tun. Dann hätt' i erst meine Ruh."

Walpurga schüttelte den Kopf und lächelte wehmütig vor sich hin.

„Das schlag dir nur aus dem Sinn, Mutterl. Ich kann gar keinen Mann gebrauchen und bin mir selbst Halt und Stütze genug. Ich habe es gelernt, auf eigenen Füßen zu stehen. Und meiner Kunst will ich treu bleiben, die ist eifersüchtig, Mutterl, und lässt niemand neben sich aufkommen. Grad' noch genug Platz ist in meinem Herzen für euch alle, die ihr mir bisher lieb und teuer wart. Aber ein Fremder findet da keine Aufnahme mehr."

Die Försterin sah bekümmert in das schöne Gesicht ihrer Tochter, dann sagte sie halblaut:

„Deine Kunst? Ach, Burgerl, die tät' es am End' schon erlauben, dass du eines braven Mannes Weib würdest. Aber dein Herz, mei liebes Kinderl, dös gibt's net zu, weil es halt dem König g'hört, i weiß es gut."

Da wurde Burgerls Gesicht sehr blass und ernst.

„Mutterl, du hast mich lieb, das weiß ich, und bei deiner Liebe beschwöre ich dich, sprich nie, nie wieder davon, das darf nicht mit Worten angerührt werden, es lebt wie ein Heiligtum in mir", sagte sie mit seltsam klingender Stimme.

Die Försterin weinte schmerzlich auf.

„Ach, Burgerl, ich hab' es ja g'wusst, dass du unglücklich bist durch diese Liebe zum König."

Walpurgas Augen leuchteten auf, und ein schönes Lächeln verklärte ihr Gesicht.

„Ach, Mutterl, unglücklich bin ich gewiss nicht durch meine Liebe. Nein, es ist mein größtes Glück, da ich sie empfinden darf. Schau, Mutterl, für jeden Menschen hat das Glück ein anderes Aussehen. Sorg dich nicht um mich! Wäre der König gesund, dann wäre mein Glück noch viel größer. Nur dass er krank ist, drückt mich zuweilen nieder. Und nun komm, trockne deine

Tränen und geh mit mir zu den Hochzeitsgästen zurück! Lass keinen Schatten fallen auf Tonerls Hochzeitstag!"

Die Försterin nahm sich zusammen und verließ, von Walpurga liebevoll geführt, ihr Trauer-Eckchen. Beide mischten sich wieder unter die Hochzeitsgesellschaft.

Draußen vor dem Forsthaus tanzten die Hochzeitsgäste nach dem Klang einer Zither und einer Harmonika. Auf dem glatten Waldboden ging das ganz famos, und hier gab es wenigstens gute, reine Luft zu atmen statt der schwülen, stickigen Luft eines geschlossenen Tanzsaales.

Lächelnd schaute Walpurga dem Tanz zu, und als Sepperl auf sie zukam und sie zum Tanz aufforderte, trat sie mit ihm in die Reihe.

„Einem Hochzeiter darf man keinen Korb geben", sagte sie scherzend.

„Na, dös hätt' i dir auch nimmer vergessen, Burgerl", erklärte Sepperl ganz ernsthaft.

* *

*

Als Walpurga am nächsten Morgen nach München zurückkehrte, trug sie, sorgsam verhüllt, die weißen Lilien bei sich, die ihr der König geschickt hatte. Sie bewahrte sie, solange sie frisch waren, in einer feinen Kristallvase, die sie einmal von Margarete zum Geschenk erhalten hatte. Und als sie welk wurden, trocknete sie die Blüten vorsichtig und bewahrte sie wie ein Heiligtum zum Andenken.

Kapitel. 23

Der Ring des Königs

Wieder war fast ein Jahr ins Land gezogen seit Tonerls und Sepperls Hochzeit. Des Königs Zustand hatte sich immer mehr verschlimmert.

Walpurga brauchte jetzt nicht mehr in die Kutscherwohnung zu gehen, wenn sie den König sehen wollte. Tonerl nahm die Schwester in ihr bestes Zimmer auf, von dessen Fenster aus man den ganzen Garten übersehen konnte.

Da saß dann Walpurga, so oft sie sich in München auf einen Tag freimachen konnte, still und regungslos hinter den Gardinen, bis der König aus dem Garten ins Schloss zurückkehrte.

Tonerl plauderte dann aber munter auf die Schwester ein, bis sich deren trübe Stimmung wieder aufgeheitert hatte.

Glückliche Menschen teilen gern von ihrem Glück mit. Und Tonerl war eine glückliche junge Frau.

Freilich, der König nahm ihren Sepperl viel in Anspruch. Tonerl haderte deshalb manchmal ein wenig.

Aber was war da zu machen? Der König mochte kein anderes Gesicht mehr um sich sehen als das seines treuen Sepperl.

Dann kam aber eine Zeit, in der König Ludwig seine Zimmer gar nicht mehr verließ, und Walpurga konnte ihn nun auch nicht mehr von Tonerls Wohnung aussehen. Allerlei Gerüchte über des Königs Krankheit waren im Volk im Umlauf. Man wurde unruhig und wollte Gewissheit haben.

Die Räte und die Minister des Königs, die nie mehr vor sein Angesicht durften, hatten lange und ernste Beratungen mit dem Prinzen Luitpold, dem Onkel des Königs. Die Herren konnten sich und den anderen nicht mehr verheimlichen, dass der König infolge seines Gesundheitszustands nicht mehr imstande war, sein Amt als Regent des Landes zu verwalten.

Verschiedene Ärzte hatten den König für unheilbar krank erklärt, und schweren Herzens entschlossen sich die Minister und Prinz Luitpold, den König zu entthronen, da es zum Wohl des Landes nötig geworden war.

So wurde denn am 10. Juni 1886 öffentlich erklärt, dass König Ludwig II. kraft des Gesetzes entmündigt und Prinz Luitpold als Reichsverweser eingesetzt worden sei. Und am 11. Juni wurde Prinz Luitpold als neuer Regent proklamiert.

Walpurga erfuhr auf dem Heimweg von einer anstrengenden Probe die Nachricht von der Entthronung des Königs und auch, dass es beschlossene Sache sei, dass der König als geisteskrank nach Schloss Berg gebracht werden sollte.

Walpurga erschrak so sehr, dass sie sich kaum aufrecht halten konnte. An der Wahrheit dieser Tatsache konnte sie nicht mehr zweifeln.

Noch war der König in Neuschwanstein, aber auch schon denselben oder doch den nächsten Tag sollte er nach Schloss Berg gebracht werden. Ohne sich einen Augenblick zu besinnen, so, wie sie ging und stand, machte sich Walpurga auf den Weg nach Neuschwanstein.

Jetzt konnte sie nichts mehr vom König zurückhalten, auch sein Wille nicht. Er war in Not, sollte seines Throns verlustig gehen und als Geisteskranker in ein einsames Schloss verbannt werden. Alle würden ihn nun verlassen, da musste sie an seine Seite eilen.

Wie von unsichtbarer Macht getrieben, eilte sie nach Neuschwanstein. Hier wusste man schon, was in München geschehen war. Der König hatte strengen Befehl gegeben, niemanden vorzulassen.

Die Diener standen wie eine Wache vor seinen Zimmern und schienen gewillt zu sein, ihren König zu schützen und zu verteidigen. Vergeblich beschwor Walpurga diese Diener, sie zum König hineinzulassen. Gegen dessen Willen wagte es keiner.

Walpurga war außer sich. In ihrer höchsten Not erinnerte sie sich des Rings, den ihr der König nach ihrem ersten Auftreten als Elisabeth geschenkt hatte und den sie nie von ihrem Finger ließ.

Sie schaute jetzt wie gebannt auf diesen Ring herab. Was waren es doch für Worte gewesen, die der König über diesen Ring gesprochen hatte?

Sie stand sinnend und zwang ihre angstvollen Gedanken zur Ruhe. Und da hörte sie im Geist die Worte des Königs wieder klingen:

„Dieser Ring soll dir alle Türen öffnen, wenn du einmal ein Anliegen, eine Bitte an mich hast. Mein königliches Wort darauf, wo und wie ich mich auch befinde, schickst du mir diesen Ring, dann darfst du vor mir erscheinen und deine Bitte vorbringen!"

So hatte der König gesprochen. Sie hatte sein königliches Wort, dass der Ring ihr Zutritt zu ihm verschaffte. Und sie musste zu ihm, um jeden Preis, musste ihn selbst sehen und ihm sagen, dass ihr ganzes Leben ihm gehöre, dass sie nichts heißer ersehne, als ihm in seine Verbannung als treue, nimmermüde Pflegerin zu folgen.

Nie hätte sie daran gedacht, die Macht des Ringes für sich selbst zu erproben. Aber jetzt galt es, dem König zu beweisen, dass ihre Dankbarkeit jedes Opfer zu bringen imstande war. So musste ihr der Ring helfen, zu ihm zu dringen.

Sie bat den ältesten der Diener, mit dem Ring zum König zu gehen und ihn an sein königliches Wort zu mahnen. Aber keiner hatte den Mut, diesen Auftrag auszuführen.

Endlich trat aber Sepperl aus des Königs Gemächern in das Vorzimmer. Er sah blass und sehr ernst aus. Walpurga stürzte auf ihn zu und umfasste erregt seinen Arm.

„Sepperl, ich muss hinein zum König, ich muss. Hilf du mir! Ich bitte dich herzlich, geh hinein zu Seiner Majestät. Gib ihm diesen Ring in meinem Namen und sage ihm, dass ich ihn an sein königliches Wort gemahnen lasse. Dieser Ring soll mir jederzeit seine Tür öffnen, das hat er mir versprochen."

Sepperl sah zögernd auf sie nieder.

„Burgerl, du weißt nicht, in was für einer Stimmung der König ist. Man hat ihn entthront, er soll nach Berg verbannt werden", sagte er leise.

„Das weiß ich alles, Sepperl, deshalb bin ich ja hier. Ich muss ihn sehen und ihm sagen, dass es noch Herzen gibt, die treu zu ihm stehen. Ich bitte dich, Sepperl, du allein hast Zutritt zum König. All diese Diener hier wagen es nicht, bei ihm einzudringen. Aber du tust es, du bringst ihm den Ring, ich bitte dich, so sehr ich kann. Hilf mir nur dieses eine Mal noch!"

Sepperl konnte diesen Worten Walpurgas nicht widerstehen. So nahm er endlich seufzend den Ring und ging hinein zum König.

König Ludwig stand mit starrem, düsterem Gesicht am Fenster und schaute hinab ins Tal. Als Sepperl eintrat und seinen Auftrag ausgerichtet hatte, wandte sich der König um und blickte auf den Ring herab.

Seine Augen brannten. Dann sagte er leise, wie zu sich selbst:

„Das hätte ich wissen müssen, dass sie in der Stunde der Not und Gefahr an meine Seite eilt!"

Eine Weile stand er so in tiefem Sinnen. Dann richtete er sich auf und sagte ruhig und voll Selbstbeherrschung:

„Ich gab mein königliches Wort und will es halten. Niemand soll sagen, König Ludwig hat je sein Wort gebrochen. Lass sie eintreten!"

Sepperl eilte hinaus, und gleich darauf lag Walpurga dem König zu Füßen.

„Eure Majestät, heißen Dank, heißen Dank. Nicht wahr, jetzt gestatten mir Eure Majestät, dass ich bleiben darf, jetzt, da Eure Majestät einen treuen, ergebenen Menschen brauchen können, jetzt darf ich bleiben, um Eurer Majestät Leiden zu mildern!", flehte sie.

Der König blickte auf sie herab.

„Steh auf, Walpurga, und werde ruhig! Ich weiß, du sahst mich von Gefahren bedroht und eiltest an meine Seite, um mir beizustehen. Hab' Dank für deinen guten Willen. Aber ich brauche dich nicht, ich habe abgeschlossen mit dem Leben und will niemanden mit in mein Elend hineinziehen. Respektiere meinen Willen und kehre nach München zurück!", sagte er ernst und ruhig.

Walpurga rang die Hände.

„Majestät, ich erflehe es als die höchste Gnade, bleiben zu dürfen. Vielleicht bedürfen Eure Majestät doch eines treu ergebenen Menschen!"

Da zog der König die Stirn in Falten.

„Walpurga, du hast dieses Wiedersehen ertrotzt, gegen meinen Willen. An mein Wort hast du mich gemahnt. Ich hab' es gehalten, so schwer es mir auch fiel. Nun aber zeige du mir, dass mein Befehl noch gilt, wenn ich auch ein entthronter König bin. Hier, nimm deinen Ring zurück, trag ihn auch ferner zum Andenken an deinen unglücklichen König. Nun geh! Schwere Stunden harren noch meiner. Ich brauche meine Kräfte."

Da beugte sich Walpurga stumm über seine Hand und führte sie ein letztes Mal inbrünstig an ihre Lippen. Ihre Tränen fielen auf des Königs Hand herab.

Dieser hatte durch ein Klingelzeichen Sepperl wieder herbeigerufen. Als der treue Diener mit besorgter Miene eintrat, sagte der König zu ihm:

„Führe sie sorgsam aus dem Schloss, sie darf nicht hier bleiben!"

Und zu Walpurga gewandt, fuhr der König fort:

„Du kehrst sofort nach München zurück. Gott geleite dich auf all deinen Wegen, du liebes Kind, und hab' Dank für deine Treue!"

Dann winkte er Sepperl zu, dass er Walpurga hinausführen sollte. Willenlos ließ diese sich führen.

Der König sah ihr nach, und als sie verschwunden war, sagte er, bitter lächelnd:

„Nun ging die Sonne unter, schwarze Schatten steigen auf. Das Ende naht!"

Sepperl hatte Walpurga aus dem Schloss zu ihrem Wagen gebracht. Zu Tonerl wagte er sie nicht zu führen, und Walpurga wollte diese auch nicht aufsuchen. Da sie nichts für den König tun konnte, wollte sie wenigstens seinen Befehl erfüllen.

Als Walpurgas Wagen fortfuhr, kehrte Sepperl zum König zurück und meldete ihm, dass sein Befehl ausgeführt sei. Der König nickte.

„Es ist gut so!", sagte er. Dann blieb er plötzlich dicht vor Sepperl stehen und sah ihn durchdringend an. „Glaubst du an die Unsterblichkeit der Seele und an die Gerechtigkeit Gottes?", fragte er düster.

„Ja, Majestät", antwortete Sepperl beklommen.

„Ich auch", sagte der König fest.

Und dann stieß er einen schmerzlichen Seufzer aus und sagte Verzweifelt:

„Von der Höhe des Lebens hinabgeschleudert zu werden in ein Nichts – ein vernichtetes Leben nein, das ertrag' ich nicht!"

24. Kapitel

Des Königs Ende

In der Nacht, die diesem Tag folgte, verließ König Ludwig in Begleitung seines Arztes, Dr. Gudden, einiger anderer Ärzte und der Krankenwärter Schloss Neuschwanstein für immer.

Keiner seiner Lakaien durfte ihn begleiten, auch Sepperl nicht.

Der König hatte herzlichen Abschied von seinen Dienern, hauptsächlich von Sepperl, genommen. Dieser weinte wie ein Kind, so fassungslos machte ihn der Schmerz. Der König legte seine Hand auf die Schulter des treuen Menschen.

„Weine nicht, Sepperl! Und grüß' mir das Waldvöglein noch einmal!", sagte er bewegt. Niemand außer Sepperl wusste ja, wer das „Waldvöglein" war.

Dann fuhr der König in den aufsteigenden Morgen hinaus.

Im Schloss Berg war alles zur Aufnahme des kranken Königs bereit. Aber lange sollte dieser nicht als entthronter König in diesem Schloss leben. Schon am übernächsten Tag, am 13. Juni 1886, ist König Ludwig II. im Starnberger See, an dessen Ufer Schloss Berg liegt, ertrunken.

Und mit ihm zugleich ertrank auch sein Arzt, Dr. Gudden, der den König hatte retten wollen.

Man weiß nichts über die letzten Augenblicke des Königs, denn der einzige Zeuge, Dr. Gudden, war ebenfalls tot.

Frau Dr. Moritz vernahm die Kunde vom Tod des Königs, als sie von einem Besuch nach Hause zurückkehrte. Tief erschüttert und ängstlich besorgt um Walpurga, eilte sie heim, damit ihr Liebling diese Kunde nicht unvorbereitet vernahm.

So schonend sie aber auch Walpurga die traurige Mitteilung machte, als die junge Sängerin vernahm, was geschehen war, brach sie lautlos ohnmächtig zusammen.

Frau Dr. Moritz war außer sich vor Sorge und tat alles, was sie konnte, Walpurga zu trösten, nachdem diese aus ihrer Ohnmacht zu sich kam.

Walpurga war tagelang wie erstarrt vor Herzeleid. Aber eines Nachts, da träumte sie vom König. Er erschien ihr in seinem ganzen Glanz und seiner hoheitsvollen Schönheit und sagte lächelnd zu ihr:

„Weine nicht um mich, Sonnenscheinchen. Auf Erden war kein Platz mehr für mich – im Schatten konnte ich nicht mehr leben. Jetzt weile ich im ewigen Sonnenschein!"

Das war ein so wundersamer Traum gewesen, dass Walpurga von Stunde an ruhig und gefasst wurde. Ein tiefer Friede erfüllte ihre Seele, und sie dachte:

„Es ist doch gut so, wie es Gott gefügt. So ist mein geliebter königlicher Herr von aller Not befreit. Sein hohes Haupt muss sich nicht beugen. Er darf ausruhen von seinem leidvollen Leben, und sein Andenken wird fortleben im Herzen seines Volkes, das nie vergessen wird, wie gütig, edel und großdenkend er gewesen ist."

Frau Dr. Moritz war sehr glücklich, als sie sah, dass Walpurga langsam das Gleichgewicht ihrer Seele wiederfand.

*   *

*

Walpurga Malwinger ist eine berühmte Sängerin geworden. Sie ist ihrem König treu geblieben in der Erinnerung.

Nichts als ihre Kunst erfüllt ihr Leben, und sie findet volle Befriedigung in der Ausübung dieser Kunst. Jedes Jahr ist sie auf einige Zeit Gast im Försterhäusl.

Soweit sie auch in der Welt herumgekommen ist, ins Försterhäusl zieht es sie immer wieder zurück.

Als nach Jahren ihre Eltern starben, kaufte sie das Häuschen vom Fiskus und richtete es sich als behagliche Sommerfrische ein. Jeder Gegenstand, den einst König Ludwig im Försterhäuschen benutzte, ist hoch und heilig darin aufbewahrt.

Und wenn Walpurga hier in ihrem Waldfrieden ein paar stille Wochen verlebt, dann begleitet sie Frau Dr. Moritz, die nun inzwischen recht alt geworden ist und ganz weißes Haar hat, aber noch immer rüstig ausschreitet.

Und vom Schloss Neuschwanstein kommen dann der Kastellan und die Kastellanin mit ihren beiden drallen Kinderchen, einem Buben und einem Mädchen, herüber. Der Bub heißt Ludwig und das Mädchen Walpurga. Es wird natürlich auch Burgerl genannt.

Die kleine Burgerl ist der Liebling der großen Walpurga. Sie ist genauso ein liebes, herziges Plaudermäulchen wie vor Jahren ihre berühmte Tante.

Tonerl und Sepperl sind ein sehr glückliches Ehepaar geworden, und gleich Walpurga und vielen anderen

Menschen segnen sie das Andenken König Ludwigs, der noch über sein Grab hinaus so großmütig für sie gesorgt hat.

Walpurga hat sich einen Flügel ins Forsthaus schaffen lassen, damit sie auch hier singen kann.

Und an warmen Sommerabenden, wenn die berühmte Sängerin im Forsthaus weilt, dann pilgern die Landleute aus der Umgegend herbei und stehen lauschend im dunklen Wald.

Dann dringt aus den geöffneten Fenstern des Forsthauses eine glockenreine, wundersame Frauenstimme hinaus ins Freie. Und wer diese Stimme hört, dem wird das Herz warm und weit, der fühlt das Blut schneller durch die Adern rinnen.

Alles Böse fällt ab von den lauschenden Menschen durch die Zaubergewalt dieser Frauenstimme; die aus einer reinen, gütigen Seele emporsteigt.

Am meisten aber sind die stummen, unsichtbaren Zuhörer von einem Lied ergriffen, das Walpurga sehr oft singt. In diesem Lied zittert und tobt ein großer Schmerz und doch zugleich eine frohe Verheißung.

Dieses Lied weckt tausend Erinnerungen in Walpurgas Brust. Es ist dasselbe, dass sie König Ludwig zuletzt hat singen müssen:

„Die linden Lüfte sind erwacht."

So wie es dem kranken König Tränen entlockte in seiner herzbewegenden Innigkeit, so entlockt es auch den Zuhörern immer wieder Tränen.

Der Sängerin selbst aber werden jedes Mal die Augen feucht, und wenn sie geendet hat mit den Worten:

„Nun, armes Herz, vergiss der Qual,
Nun muss sich alles, alles wenden",

dann ist ihr immer, als höre sie des Königs Stimme leise rufen: „Waldvöglein, Sonnenscheinchen!"

Und dann sitzt sie regungslos, wie verzaubert, lange Zeit am Flügel und durchlebt im Geist jene Stunde noch einmal, da sie sich von ihm trennen musste, von ihrem geliebten König.

Ende.

Nachwort von Luc-Henri Roger

Die Traum-Händlerin

Ernestine Friederike Elisabeth Mahler (1867-1950) veröffentlichte die meisten ihrer Romane unter ihrem Ehenamen, Hedwig Courths-Mahler. Einige ihrer Werke publizierte sie auch unter verschiedenen Pseudonymen, darunter Hedwig Brand, den Nachnamen ihres Schwiegervaters, den sie für König Ludwig und seinen Schützling übernahm.

Geboren wurde sie 1867 in Nebra (Unstrut), eine Kleinstadt in Sachsen-Anhalt, 65 Kilometer westlich von Leipzig. Als uneheliches Kind eines Vaters, der kurz nach einer leichten Verwundung im Österreichisch-Preußischen Krieg 1866 an Typhus starb, wurde sie von ihrer Mutter aufgezogen, die später einen Mann namens Brand heiratete. Ihr Stiefvater wollte sich nicht um ein Kind aus einem anderen Bett kümmern, also ließ er Hedwig in die bezahlte Obhut einer sehr bescheidenen Pflegefamilie geben, an die sie gute Erinnerungen hatte. Ihre Mutter wurde nach der Scheidung von Brand Prostituierte in Leipzig und wurde am Ende ihres Lebens sogar wegen Zuhälterei inhaftiert. Die junge Hedwig konnte einen anderen Weg wählen.

Sobald sie in der Lage war, ihren eigenen Lebensunterhalt zu verdienen, musste Hedwig ihre sehr kurze Schulausbildung unterbrechen. Sie war damals vierzehn Jahre alt. Sie arbeitete in verschiedenen Berufen, wie Dienstmädchen, Krankenschwester und Verkäuferin, während sie ihre Freizeit mit Lesen verbrachte, bevor sie eine weitgehend autodidaktische literarische Karriere begann.

Sie war noch als Verkäuferin angestellt, als sie begann, romantische Texte zu schreiben, die ihre Träume von einem besseren Leben schilderten, ganz anders als die Realität, die sie in ihrem täglichen Leben erlebte. In der verwunschenen Welt ihrer Romane sind wohlwollende Kräfte am Werk, die Frauen, die vom Leben zu Unrecht verletzt wurden, Glück bringen. Eine unerwartete Erbschaft, eine plötzliche Anerkennung oder eine schöne Heirat verbessern ihr Leben zur rechten Zeit. Die Ehe kann auch helfen, die Berge von Hindernissen zu überwinden, die die sozialen Klassen trennen.

Im Gegensatz zu ihrer Mutter entschied sich Hedwig für Ehe, Treue und die Vorzüge des Familienlebens und heiratete 1889 den Zeichenlehrer und Textildesigner Fritz Courths, dem sie zwei Töchter schenkte, die beide Schriftstellerinnen werden sollten. Das Paar lebte zunächst in Leipzig und anschließend in Chemnitz, bevor es sich 1905 in Berlin niederließ. Hedwig Courths-Mahler verbrachte die letzten fünfzehn Jahre ihres Lebens am Tegernsee, in einer Villa im bayerischen Stil mit Blick auf den See und die Alpen, wohin sie 1935 mit ihrem Mann, ihren beiden Töchtern und deren Partnern zog. Fritz Courths sollte den Charme Bayerns nicht lange genießen; er starb 1936.

Hedwig Courths-Mahler war eine sehr produktive Autorin: Sie schrieb mehr als 200 Romane und veröffentlichte durchschnittlich sechs Bücher pro Jahr. Diese Geschichten wurden von ihrem Publikum begeistert aufgenommen, mussten aber auch den Zorn der verächtlichen Literaturkritiker ertragen. Ihre romantischen, blumigen Romane, meist mit Happy End, befriedigten ein breites Publikum, das eindeutige Geschichten von jungen Frauen suchte, die vom Leben niedergeschlagen waren und deren Leben sich deutlich verbesserte. Die

Guten werden belohnt und die Bösen erhalten am Ende die Strafe, die sie verdienen.

Mehrere ihrer Romane dienten als Grundlage für Theaterstücke und wurden verfilmt. Die Bücher von Hedwig Courths-Mahler waren ein großer Erfolg. Mehr als 80 Millionen Exemplare wurden verkauft, davon 50 Millionen zwischen dem Ende des Zweiten Weltkriegs und dem Tod des Autors im November 1950. Ihr Erfolg reichte über die Grenzen des deutschsprachigen Raums hinaus, und einige ihrer Werke wurden in ein Dutzend Sprachen übersetzt.

Das Courths-Mahler-Phänomen prägte das gesamte zwanzigste Jahrhundert. Bis heute steht sie zusammen mit Karl May und Ludwig Ganghofer an der Spitze der Bestsellerliste für deutschsprachige Belletristik.

Auch wenn die Literaturkritik an ihrem Werk zum Teil berechtigt ist, muss man anerkennen, dass Millionen von Lesern ihre Bücher mit Freude gelesen haben, die ihre Träume und Fan-Träume erfüllt haben. Ihre Werke mögen, wie sie selbst betonte, auch für viele ihrer Leser ein Tor zur großen Literatur gewesen sein:

Die modernen Schriftsteller geben dem Volk nicht, was es haben will. Sie öden die Leute mit ihrem eigenen Elend und ihrer Wirklichkeit an, sie wollen das Volk ertüchtigen, ihm jede Poesie, jedes Märchenhafte wegnehmen. Das fühlt das Volk, es will etwas anderes haben, es will keine Realistik, kein Grauen. Ich muss meinen Leuten etwas bringen, wodurch sie aus allem Elend befreit werden, das ist das Geheimnis meines Erfolges. Das gute Ende ist ein so unerhörtes Glück im Leben, dass es so gut wie gar nicht eintrifft, aber weil meine Leute sich an die Hoffnung klammern, lasse ich es immer gut ausgehen. So schlimm, wie das Leben ist, kann man es gar nicht schildern. Alle wollen das Volk mit Kaviar füttern, das Volk sagt, das ist 'ne Schmiere, Heringsrogen ist dasselbe. Ja, lieber Gott im Himmel, unsere Zeit ist so arm an Idealen, was ist das ganze Leben ohne Poesie und Ideale? Ich lehre die Leute erst lesen; wenn sie das gelesen haben, was ich schreibe, wagen sie sich an ein besseres Buch, an literarische Sachen. Es gibt so viel Literatur und so wenig Leute, die fürs Volk schreiben, gäbe es mehr, hätte ich selbst nicht den großen Erfolg.

Geschichte der Veröffentlichung

Hedwig Courths-Mahler veröffentlichte *König Ludwig und sein Schützling* unter dem Pseudonym Hedwig Brand. Das Buch erschien 1911 bei Richard Hermann Dietrich in Dresden, einem Verlag, der sich seit 1888 auf sogenannte Hausliteratur spezialisiert hatte. Es erschien parallel in Buchform und als Fortsetzungsroman in der literarischen Familienzeitschrift *Freya*, die derselbe Verlag in einer Auflage von 15 Heften pro Quartal vertrieb. Hedwig Courths-Mahlers Zusammenarbeit mit dem Verlag Dietrich dauerte von 1907 bis 1912 und umfasste die Veröffentlichung von sechs Romanen.

Die Zeitschrift *Freya* hatte das Ziel, *die schönsten Romane*[1] in die Häuser der Menschen zu bringen. Die veröffentlichten Romane, Kurzgeschichten und Erzählungen *gar wundersamer Art, welche unser Gemüt bewegen und uns das vielfältige Leben der Gegenwart zum Bewusstsein bringen*, waren für ein Publikum von Erwachsenen und älteren Jugendlichen (*die reifere Jugend*) gedacht. Freyas Aufgabe war es, *äußerst interessantes und lehrreiches Material aus allen Gebieten des Wissens und aus der Geschichte aller Zeiten und Völker*

---

[1] Die Zitate von *Freya* sind kursiv gesetzt.

zu bieten, *ebenso wie amüsante Skizzen, Charakterschil-derungen und Lebensweisheiten.* Die Zeitschrift nahm auch für sich in Anspruch, *ihren Lesern alles vorzustellen, was gut und schön, edel und erstrebenswert ist, was den Fortschritten der Menschheit und der Anbahnung des Verständnisses der die großen Kulturprobleme der Gegenwart dient.*

In der zweiten Hälfte des 20. Jahrhunderts erwarb der Lübbe-Verlag die Rechte am Werk von Hedwig Courths-Mahler. Er veröffentlicht eine gekürzte Ausgabe von *König Ludwig und sein Schützling,* die unter dem leicht veränderten Titel *König Ludwigs Schützling* erschien. Auf dem Cover nennt der Lübbe-Verlag Hedwig Courths-Mahler zu Recht „die Königin des Liebesromans".

Das Werk der Autorin ist am 1. Januar 2021 gemeinfrei geworden.

Die vorliegende Transkription basiert auf dem Originaltext von 1911, dem auch die Abbildungen entnommen sind. Der Originaltext wurde in gotischer Schrift (Fraktur) publiziert

Ein historischer Roman

Die gesamte Handlung spielt während der Regierungszeit von König Ludwig II. von Bayern. Sie beginnt 1867, als die Verlobung Ludwigs II. mit Prinzessin Sophie-Charlotte in Bayern aufgelöst wird, und endet mit seinem Tod 1886. Zu den historischen Ereignissen der Geschichte gehören der Baubeginn von Schloss Neuschwanstein, dessen Grundsteinlegung im September 1869 erfolgte, der Deutsch-Französische Krieg 1870 und der Durchmarsch der siegreichen bayerischen Truppen durch München, die ersten Bayreuther Festspiele 1876, die Uraufführung des *Parsifal* in Bayreuth 1882, der Tod Richard Wagners in Venedig und sein Bayreuther Begräbnis im Februar 1883 sowie die Absetzung und der Tod von König Ludwig II. im Juni 1886.

Die Schauplätze der Handlung sind durchweg bayerisch: die Region Schwangau mit den beiden Schlössern Hohenschwangau und Neuschwanstein, München, die bayerische Landeshauptstadt mit ihrem Internat für junge adlige Mädchen und ihrem Opernhaus, und schließlich die Stadt Bayreuth.

König Ludwig II. und Richard Wagner sind die beiden historischen Hauptfiguren der Geschichte. Hedwig Courths-Mahler erzählt, dass sie sich von klein auf zu den darstellenden Künsten, dem Theater und der Oper hingezogen fühlte. Es ist bekannt, dass sie eine besondere Vorliebe für die Opern Wagners hatte, den sie uns vor allem als genialen Komponisten in seiner Blütezeit vorstellt.

Die Persönlichkeit des Königs wird präziser dargestellt als die des Komponisten. Die Autorin stellt ihn als einen Mann dar, der sich in einem Zustand der Depression befindet, von Melancholie geplagt wird und schweren psychischen Störungen unterliegt, die mit der Zeit immer ausgeprägter werden. Die Melancholie nahm Besitz vom Gemüt des Königs, als die Verlobung aufgelöst wurde. Damit einher ging eine soziale Phobie, die sich in einer zunehmend ausgeprägten Klaustrophilie äußerte. Hedwig Courths-Mahler vertritt die offizielle These von der Amtsenthebung des Königs, ohne deren Legitimität in Frage zu stellen, wie die zurückhaltende Äußerung zeigt, die sowohl die Regierung als auch Prinz Luitpold entlastet: Mehrere Ärzte erklärten, dass die Krankheit des Königs unumkehrbar sei, und nach langen Diskussionen beschlossen die Minister und Prinz

Luitpold widerwillig, den König zu entthronen, mit der Begründung, dass das nationale Interesse diese Entscheidung undenkbar gemacht habe.

Auch Hedwig Courths-Mahler stellt den König immer wieder als sich seiner Krankheit bewusst dar, vor allem in den Schlussszenen, in denen er die fast aufopferungsvollen Hilfsangebote seiner Schützlinge edel und großzügig ablehnt, mit dem Argument, dass sie ihr ganzes Leben ihrem Publikum und nicht der Pflege eines kranken Königs verdanke.

Obwohl der Roman den König als de facto wahnsinnig darstellt, ist dies nicht der Kern seiner Persönlichkeit: Ludwig II. wird als äußerst großzügiger König beschrieben, der zwar die Aristokratie und Regierungskreise meidet, aber die Gesellschaft seines Volkes und der Künstler genießt. Als Mäzen der schönen Künste und der Musik förderte er Richard Wagner und die Bayreuther Festspiele sowie die musikalische Ausbildung seines Schützlings. Die Beschreibung der Separatvorstellungen von Wagner-Opern entsprechen den historischen Details der königlichen Vorladung des einen oder anderen Künstlers nach der Aufführung und das Geschenk von kostbaren Juwelen, mit dem er sie beehrte. Der König ist auch der geniale Erbauer von prächtigen Schlössern. Der Bericht bezieht sich hauptsächlich auf den Bau von Schloss Neuschwanstein und erwähnt Herrenchiemsee, das angeblich schon 1876 gebaut wurde, ein grober Datierungsfehler. Die Autorin beschreibt die Ankunft des Königs zu den ersten Bayreuther Festspielen von seinem Schloss am Chiemsee aus, obwohl der Grundstein für dieses Schloss erst viel später gelegt wurde.

Die Protagonistin Walpurga Malwinger, genannt Burgerl, erinnert an die berühmte Wagner-Sängerin

Mathilde Mallinger (1847-1920), die sowohl am Hoftheater in München als auch am Theater Unter den Linden in Berlin für Furore sorgte, schon allein wegen ihres Beinahe-Homonyms. Die kroatische Sopranistin Mathilde Mallinger wurde während ihres Gesangsstudiums in Wien von Richard Wagner entdeckt: Nachdem der Meister sie gehört hatte, empfahl er sie an die Bayerische Staatsoper in München, die sie, wohl auf Befehl des Königs, auch engagierte. Dort debütierte sie 1866 in der Titelrolle von Vincenzo Bellinis *Norma* und wurde von Publikum und Kritikern sofort einhellig gefeiert. Die nächsten drei Jahre verbrachte sie auf derselben Bühne und sang hauptsächlich Wagner-Rollen wie Elsa in *Lohengrin* und Elisabeth in *Tannhäuser*. Ebenfalls in München kreierte sie die Rolle der Eva in der Uraufführung von *Die Meistersinger von Nürnberg* am 21. Juni 1868. Erwähnenswert ist, dass König Ludwig II. ihr nach einer *Lohengrin*-Aufführung einen kostbaren Brillantarmreif schenkte, den er für sie bestellt hatte. Das Zentrum dieses nominellen Armbands trug Elsas Namen in Diamanten. Von Wagner seinerseits wurde sie mit einem riesigen Blumenstrauß und Komplimenten beschenkt, die nach einer Münchner Probe des *Lohengrins* verteilt wurden.

Mathilde Mallinger verließ daraufhin München und schloss sich 1869 dem Ensemble des Opernhauses Unter den Linden in Berlin an, wo sie bis 1882 auftrat. Sie sang 1869 die Elsa in der Berliner Uraufführung des *Lohengrins* und 1870 die Eva in *Die Meistersinger*. Auch ihre Sieglinde wurde in Berlin hochgelobt.

Mallinger und Malwinger teilen die gemeinsamen Merkmale außergewöhnlicher stimmlicher Schönheit, bemerkenswerter dramatischer Qualitäten und extremer Jugend, als sie die Rollen der großen Wagner-Heldinnen übernahmen: Elsa oder Eva mit 19 oder 20 Jahren zu interpretieren, setzt eine außerordentliche stimmliche Reife voraus. Aber abgesehen von den üppigen königlichen Geschenken und der Beinahe-Homonymität hört die Parallele hier auf. So, im Gegensatz zu anderen Sängern, die vergeblich versuchten, den König zu verführen, verließ Mathilde Mallinger München und ging nach Berlin, wo sie später einen Schauspieler und Theaterdirektor, den Baron Schimmelpfennig von der Oye, heiratete. Walpurga Malwinger hingegen blieb keusch und rein und hielt dem König die Treue, den sie auch nach seinem Tod weiter anbetete. Die Heldin des Romans hat nie geheiratet.

Burgerls Vetter Sepperl wird der treue Diener des Königs, bis dieser von seinem Schloss in Neuschwanstein auf sein Schloss am Starnberger See gebracht wird. Als Sohn eines Kutschers in den Diensten des Königs ist Sepperl gewissermaßen eine Zusammenfassung der Kutscher und Diener, die für mehr oder weniger lange Zeit die Vertrauten des Königs waren, die einzigen Menschen, die der König noch in seine Gegenwart ließ.

Abschließend sei noch auf die Parallele hingewiesen, die zwischen der Heldin des Romans und der Baronin Esperanza[1] von Truchseß-Wetzhausen, geborene Sarachaga, gezogen werden kann. Baronin Spera war die letzte Edelfrau, die der König in seinem Schloss Neuschwanstein empfangen musste. Die Baronin, eine bedingungslose Verehrerin des Königs, befand sich im Juni 1886 in Schwangau, und nachdem sie gehört hatte, was Prinz Luitpold und die Regierung gegen ihn im Schilde führten, eilte sie nach Neuschwanstein in der Absicht, ihren geliebten Herrscher zu retten. Sie schaffte

---

[1] Genannt Spera.

es, die Barrikaden von Gendarmen und Dienern zu überwinden, die den Eingang zum Schloss und die Tür des
Königs blockierten, und warf sich ihm zu Füßen, um ihn
zu bitten, sie nach München zu begleiten, um ihre Sache
zu verteidigen. Der König schickte die treue Freifrau
weg und veranlasste, dass sie zurückbegleitet wird.

Die Parallele zu Burgerls letztem Besuch liegt auf
der Hand: Auch die Heldin des Romans schafft es, mit
dem Talisman des Rings, den ihr der König geschenkt
hat, an den Dienern vorbeizukommen, und bietet seiner
Majestät ebenfalls ihre Dienste an.

Baronin Truchseß wusste von der Lilienleidenschaft
des Königs und ließ ihm häufig Sträuße zukommen. Im
Roman ist es der König, der für Walpurga einen Strauß
weißer Lilien zusammenstellen lässt.

Sowohl die Baronin als auch der Sänger Malwinger
liebten den König platonisch. Nach dem Tod des Königs
verfiel die Baronin in eine tiefe Depression und widmete
sich frommen Werken, während die Sängerin, getreu
dem Wunsch ihres Königs, sich ganz ihrem Publikum
widmete.

Ein Roman des sozialen Aufstiegs

König Ludwig und sein Schützling ist ein Roman
über platonische Liebe und wohlwollende Freundschaft.
Der beschützenden Freundschaft des Königs mit einem
kleinen Mädchen steht die liebevolle Verehrung der jungen Heldin gegenüber - eine ebenso privilegierte wie unerwartete Beziehung, die zu einer radikalen Verände-
rung des Schicksals des kleinen Mädchens führen und
das seelische Leiden des Herrschers lindern wird.

Die Autorin beharrt ständig auf die Distanz, die die
sozialen Klassen trennt, ohne auf das Thema

Klassenkampf einzugehen. Nichts ist weiter entfernt von dem Zustand der kleinen Waldarbeitertochter als ein allmächtiger König mit scheinbar unermesslichem Reichtum. Zwischen diesen beiden Menschen, die sich nichts zu sagen haben, wird die Freundschaft helfen, die soziale Distanz zu verringern. Doch die Realität sieht ganz anders aus, als das kleine Mädchen aus seinem heimatlichen Wald entwurzelt wird, um in den edlen und weltlichen Boden eines Internats für reiche Mädchen umgepflanzt zu werden.

Trotz ihres guten Herzens und ihrer intellektuellen Fähigkeiten gelingt es Burgerl nicht, die Meute der hochmütigen Mädchen im Internat für sich zu gewinnen, die sich verschworen haben, das kleine Bauernmädchen zu quälen und zu schikanieren. Es bedarf der ganzen Weisheit und des Einfallsreichtums der Schulleiterin, die als gute Fee fungiert, um aus der Förstertochter eine vornehme junge Frau zu machen, die von ihren Mitschülerinnen akzeptiert wird.

Der Roman wirkt wie ein Märchen, der König greift als *deus ex machina* ein, der das Schicksal des kleinen Mädchens radikal verändert, die Schulleiterin ist die gute Fee, und Margarete von Hellborn, die als einzige der Internatsschülerinnen ihr gutes Herz zeigt, zieht sich als Helferin durch die Geschichte. Die Geschichte weist Parallelen zu Aschenputtel auf, nur dass Burgerls Eltern im Gegensatz zu Aschenputtels Stiefmutter und Stiefschwestern liebenswert sind und eine Heirat nicht stattfindet, sondern die Mädchen im Internat die Rolle der Stiefschwestern übernehmen und Walpurgas kometenhafter Aufstieg in der Gesellschaft dem einer königlichen Heirat entspricht. Burgerl-Walpurgas Schicksal ist nicht so dramatisch, wie es scheint: Sie wird in eine enge, liebevolle und hilfsbereite Familie hineingeboren, genießt die Unterstützung und den Schutz des Königs, wird von einer Schulleiterin umsorgt, die ihre zweite Mutter wird, und freundet sich mit dem besten der Internatsschüler an, einem intelligenten und begabten Schüler, den die Natur mit einem vorteilhaften Körperbau und einer Stimme von außergewöhnlicher Schönheit ausgestattet hat.

Gegen solche Vorzüge sind die Hänseleien und Gemeinheiten der kleinen Adelsschädlinge nie gewachsen, und das Leid, das sie der Heldin der Geschichte zuzufügen versuchen, wird immer wieder durch die Weitsicht der Internatsleiterin und durch die Aufmerksamkeit und das wirksame Eingreifen ihrer Freundin Margarete kompensiert.

Im Lebensweg von Walpurga Malwinger finden sich Elemente aus dem eigenen Leben der Autorin wieder: Beide Frauen stammten aus bescheidenen Verhältnissen, widmeten sich aber mit Leidenschaft ihrer Kunst und erreichten durch harte Arbeit bemerkenswerte Ergebnisse: Hedwig Courths-Mahler wurde zur meistgelesenen Schriftstellerin Deutschlands, ebenso wie Walpurga Malwinger zu einer vom Meister selbst gefeierten Wagner-Sopranistin von Weltruf wurde. Beide Frauen erlebten einen kometenhaften Aufstieg in der Gesellschaft, der das Ergebnis einer klaren Vision ihrer Ziele und harter Arbeit war.

Trotz des tragischen Schicksals von König Ludwig II. von Bayern liegt ein Hauch von Optimismus in dieser Geschichte von Liebe, Treue und Tränen.

Luc-Henri Roger

Inhaltsverzeichnis

Weitere Bücher von Luc-Henri Roger

Nouvelles

Les balcons fleuris, Le pavillon du Congo et *Conte de l'homophobie ordinaire*, trois nouvelles in *Homosexualité(s) et littérature, Cahiers de la RAL,M 10*, Le chasseur abstrait, 2009.

Littérature historique

Des fleurs pour le roi Louis II de Bavière, BoD, 2019. (Épuisé).

Louis II de Bavière. Le Cygne des Wittelsbach, BoD, 2019. (ISBN 9782322102006).

Les voyageurs de l'Or du Rhin. La réception française *de la création munichoise du Rheingold*, BoD, 2019. (ISBN 9782322102327).

Marie Kalergis-Mouchanoff, née Nesselrode. Itinéraires et correspondance de la Fée blanche, BoD, 2020. (ISBN 9782322131310).

Le Roi Louis II de Bavière dans la poésie française, BoD, 2020. (ISBN 9782322208371).

Le roman d'un roi. Les troubles amours du roi Louis II de Bavière, BoD, 2020. (ISBN 9782322255139).

Rodolphe. Les textes de Mayerling, BoD, 2020. (ISBN 9782322241378).

Traductions

Ramanunni, K.P., *Tharavad, ce que disait le soufi*, [traduit de l'anglais du texte original en malayalam par Luc Roger], Paris et Pondicherry, Kailash, 2008.

Courths-Mahler, Hedwig, *La pupille du roi Louis II de Bavière*, [traduit du texte original allemand par Luc-Henri Roger], BoD, 2021. (ISBN : 9782322230464)